旅行，聽見生命的回音

邱常梵 著

序

旅行的滋味

我迷戀旅行，在不斷旅行中，享受流浪的樂趣；在不斷旅行中，不經意地和天地萬事萬物深情相遇，為生命開啟一扇又一扇的窗。

旅行會成為生命中的課題，源於高中讀了林語堂先生的書《生活的藝術》，他認為「一個真正的旅行家必是一個流浪者，經歷著流浪者的快樂、誘惑和探險意念……，旅行的要點在於無定時、無來往信札、無嚅嚅好問鄰人、無來客和無目地。」

這樣的描繪使年輕的心對旅行有了無限憧憬，在令人窒息的高三那年，每每從書堆中偷隙神遊，遙遠的異國旅行夢，帶著我展開想像的翅膀翱翔，只有那一刻，蒼白的青春才有了色彩！

大學聯考一結束，立即和好友二人以克難方式環島，從此愛上自助旅行，喜歡那份自在、寬廣的超時空流浪感，簡化所有家當背在肩上，將心敞開，以全新角色在大好天地中十方遊走。

「問渠哪得清如許？為有源頭活水來。」對我而言，旅行便是一種活水的來源，因為旅行是一段不斷探索不斷發現的過程，這個過程也許是一種夢想實現的驚喜；一種未知充滿想像的好奇；一種心靈深處的探索；一種對生命對人間愛的觀照與圓融；通過這樣的過程，了解生命，尊重生命，禮讚生命，人類有限的生命遂充滿無限的可能性。

旅行大大提高了我的生命態度。

自助旅行者最能體會：用理智知道是一回事，用身體和心知道又是另一回事。每回我背著背包帶著「心」去旅行，心靈的收穫都特別豐富，「生命風景」是我對旅途中影像的稱呼，因為用心觀照，再平凡的場景都可體會出哲理。旅途中看不盡好山好水，但山水僅止於心曠神怡，「生命風景」卻教人反覆咀嚼，細細品味，也就是這些點點滴滴的生命風景鏤刻在心田，成為不可磨滅的記憶，成為沉澱心靈雜質的明礬。

有個網路流傳的故事，和我一向抱持的旅行心態有異曲同工之妙。

一個小和尚要出門雲遊，但一延再延，遲遲未動身。

方丈問他：「你要出門雲遊，為什麼遲遲不動身呢？」

小和尚憂愁地說：「我這次雲遊，不知要走幾萬里路，渡幾千條河，翻幾千座山，經多少場風雨，我必須好好地準備準備啊！」

方丈聽了，沉吟一會兒，說：「是啊，這麼遠的路，是需要好好的準備。你的芒鞋備足了嗎？一去萬里路迢迢，鞋不備足怎麼行呢？」於是吩咐寺裡僧人，每人幫小和尚準備十雙芒鞋，不一會兒，上百僧人很快就送來了上千雙芒鞋，堆著像小山似的。

方丈又吩咐大家：「你們師弟遠去，一路不知要經多少風雨，大家每人替他準備一把傘來。」

不一會兒，寺裡僧人又送來了上百把傘，小和尚看著那堆得像小山似的芒鞋和雨傘，不解地問：「師父，徒兒一人外出雲遊，這麼多東西，別說是幾萬里路，就是寸步也難行啊！」

方丈微微一笑：「別急，準備得還不算足呢，你這一去，要渡幾千條河，沒船如何過河？待會兒，老衲我就吩咐眾人，每人給你打造一條船來。」

小和尚當下慌忙跪下說：「師父，徒兒明白您的用心了！」

方丈會心一笑：「出家人雲遊，一鞋一缽就足矣，東西太多就走不動了。人生一世，不也是一次雲遊嗎？心裡裝的東西太多，又如何能走得遠呢？輕囊方能致遠，淨心方能行久啊！」

輕囊致遠，淨心行久，可不是嚒！

弘一大師有次和朋友用齋，有道菜鹹到令人舌根發麻，大家吃了一口就放下筷子不吃了，直嚷好鹹，只有大師歡歡喜喜地繼續吃著：「鹹是鹹了些，不過，鹹也有鹹的滋味。」

在我旅行的途中，也遇到形形色色的滋味，無論是美味可口還是難以下嚥，各有各的特色，只要不執著偏愛哪一種口味，好吃難吃都可自在享用。

生命也是百味雜陳，若把人的一生比喻成一段長達數十年的長程旅行，途中一切遭遇以及所有的喜怒哀樂，都是因緣和合而成，只要保持一份透明的心，便可清澄映照，如實接受。

但願大限來到時，也能自在享用死亡的滋味……。

目錄

第二篇

勇氣與自由——057

第三篇

夢幻泡影 095

第四篇

放牧心靈

第一篇

簡單富足

山谷回音／生命的河流／瀘沽湖畔女兒國／開出心中的花朵／登山禪／每天一百公里的幸福／濕地生之歌

山谷回音

二〇〇二年春天，於喜瑪拉雅山脈的安那普納山區健行，沿著溪谷旁小徑爬上半山腰的開濶地，皚皚白雪覆頂的安那普納連峰鑲嵌在溪谷盡頭迎接我們，之後，一路像流動的風景跟隨著我們的步伐繼續上行。

已經海拔二千多公尺了，山中還是不時有小村落出現，我向途中遇到的每一個山民微笑擺手招呼，他們那飽經風霜、膚色黝黑的臉上立刻綻開一朵靦腆的笑容回送，淡淡散放著長期被純淨陽光照射的芬芳。

看到幾名婦女在住家前臨崖的空地曬太陽，我向前比手畫腳徵詢同意後，按下快門，她們的背後是一片廣濶的山谷。能生活於世外桃源般與世無爭的山中，日日坐擁暮靄晨曦，懷抱雪山翠谷，令我這過客好生羨慕，但轉念一想「子非魚，安知魚之樂？」，說不定她們反而羨慕我們，反而覺得世居山中是今生掙不脫的夢魘，四周高聳的雪山美景，就像是無形的緊箍咒呢！

落後的同伴還沒到，乾脆借了把椅子，也學她們面對著山谷坐下來，伸直雙腿，高山太陽暖暖地灑滿一身，真是愜意極了。

我用手圈成喇叭狀，對著山谷大喊「呦——荷——」，山谷傳來幽深的「呦——荷——」回音，彷彿有人飄浮在群山中，和我隔江呼渡，我說「哈囉」，他回「哈囉」；我說「你好嗎」，他回「你好嗎」；我聲調低沉，他也低沉；我聲調高昂，他也高昂……，我喜歡山谷中的回音，它總是提醒我更清楚覺察自己的一言一行一念。

回聲的英文是echo，echo也是我的英文名字。很多初相識的朋友都會問我為什麼取這名字？最初是因為年少時崇拜的一位女作家的英文名字叫Echo，後來丟棄偶像情結，卻發現echo這個詞有另外一種意涵，每當有人以此名喚我時，一個寬闊的山谷就在我心中開放，echo……echo……的回音不斷迴響著。

這就像玩回力標（回旋標），回力標的形狀像く字形彎曲，當我們拿著回力標的一端用力向前擲出時，由於旋轉的力量和空氣擦過回力標兩側所造成的力量，會使得回力標呈現一種特別的曲線飛行，最後轉一個圈再飛回我們手中。

生命的法則也是循環的，每一個大大小小的行為都具有像回力標一樣的特質，我們對周遭的人、事、物，釋放出善，回報我們的必是善；我們釋放出惡，回報我們的也必是惡。即使只是心中浮現的一個想法，並沒有付諸行動，起心動念間也同樣會刻下一個紀錄，終有一天會像回力標一樣再回到起點，因果就在那時呈現。

所以，每一個人生命中種種的遭遇，其實都是自己編寫成的劇情，我們想要自己未來的生命有美好的故事內容，當下就要先栽種下美好的種子，施以水、陽光、養分等種種助緣，那麼，就算今世來不及看到種子長成甜美的果實，來世也必能歡呼收成。

我也要為自己的未來栽種下美好的種子了，這趟旅行結束後回到台北，即將轉換工作跑道，開始為自己的餘生編寫出美好的故事。

朋友大都無法理解，我為什麼捨棄年薪近百萬的中日合資大企業主任職務，屈就年薪只有三分之一的佛教出版社小編輯？我輕描淡寫回答：「我的離去只是個人生命的一種省思，一種覺醒。」

在辭呈上我這樣寫著：「因個人已邁向五十知天命之年，對我而言，人品的提昇及心靈的環保才是當務之急。基於這樣的信念及價值觀，決定調整生活型態及工作環境，以實現自己想要昇華生命及美化社會的理想。」

以往我也曾害怕放下，認定放下會讓自己變得一無所有。直到前年在身心都走到谷底時，我申請留職停薪八個月，每天簡單過日子，開始接觸佛學、生死學、禪修靜坐，所有接觸到的訊息都是「放下只會讓你愈來愈富有」；「放下是把心從執著的牢獄中解放出來」；「放下是心通往真正自由唯一的道路」。

心靈拓展與生命的覺醒從此啟程。

去年因為經濟壓力不得不再重回職場，面對繁雜、忙碌又浮華的工作，只能把持著「山不轉路轉，路不轉人轉，人不轉心轉」，努力以自己學到的一點禪學皮毛支撐著，同時，也一直等待著，等待一個可以為生命找到出口的機緣；等待一個可以更貼近自己想要的生命型態的機緣。終於，在經濟壓力漸輕的年底，機緣出現了，得以將自己歸零，開展另一種生命型態。

今後，上班地點從台北西區換到北投，以住家為圓心，相對距離改變不大，但這卻是我今生最遙遠的跳躍，只是我毫不畏懼，雖然還沒上班，但心中已篤定自己的生命會從此起飛、逐漸開闊。

而回顧使我轉身離開的因素，我曾怨憎，如今感恩，若非他們，我就不會暫緩腳步、停下來思索；我就不會努力為生命找到另一個出口。

「呦——荷——」，不遠處忽然傳來一聲呼喊，打斷我飄遠的思緒，回過神來，是同伴的聲音，他們就快到了，我站起身，向著來的方向大聲喊了一聲「加油，馬上到囉——」，山谷中也傳來美妙的回聲「加油，馬上到囉——」……。

生命的河流

奇旺國家野生動物公園正式成立於一九七三年，位居尼泊爾首都加德滿都西南方一二〇公里的谷地，占地九百多平方公里，涵蓋草原遍布的熱帶及亞熱帶森林區、河濱森林區等，以保護瀕臨絕種的獨角白犀牛及孟加拉老虎為主，各種野生動物及鳥類生態豐富多元，訪客可經由叢林探險旅程充分體驗大自然野性的樂趣。

雷普提河（Rapti）及魯河（Reu）圍繞在國家公園兩側，訪客進入國家公園區域必須渡河，渡河大多搭船，有人則騎乘大象或駕吉普車從水淺處過河。我們在傍晚時分抵達河邊，寫著歲月斑駁痕跡的木船在岸邊等候我們，人和行李分乘，船伕持槳，平穩划向對岸。

行到河中心，游目瀏覽三百六十度的景觀，河兩旁是成排稀疏高聳的不知名樹木，太陽已西斜，漸次晦暗的黃昏，如液體流動，落日穿過枝椏，火紅地斜射向河面，雲的顏色是喧鬧的五彩，但又是那樣的安靜，動物彷彿都回巢去了，大地經過一整天的日曬，慵懶無語地躺著，等待夜幕的降臨。

住宿的Jungle Resort叢林渡假村，隱藏於綠林中，傍著流經國家公園內的另一條河流，晨曦剛破曉時散步到河邊，除了水色和林木風光，只有薄霧濛濛伴著寧靜，以及早起覓食的鳥兒。

在國家公園內騎大象深入叢林探險、尋找野生動物觀賞鳥類，都是很特殊的經歷，但我最歡喜的時刻卻是每天黃昏待在河邊，在那片擁有寬闊河床、沙洲及沙岸的溪流旁，什麼都不做，就只是靜靜的待著，溶入那喧鬧又安靜的日落，雲在青天水在瓶……。

晚風吹過，倦鳥歸巢，投影在河面的任何映像都搖曳扭曲，生出曼妙舞姿，偶爾風停了，水面沒有一點波瀾，化身為一面大鏡子，清晰映照出一切影像，唯有蹲下身，貼近水面，才會發覺河水依然緩緩流動，逝者如斯，沒有東西是靜止的，一切都在不斷地變動中。

象伕通常也會在這時，帶著辛勞一天的大象來到河邊，大象以長鼻吸水淨身、相互嬉戲、在岸邊草叢中排泄⋯⋯，幾個象伕閒閒聊著，不時爆出快樂的笑聲，有時也會騎著大象互相追逐玩耍，像我們小時候玩騎馬打仗一樣。最後，一人騎一象，伴著暮色，一路歌唱回去。

我像河邊不動的一顆石頭，從頭到尾安靜地凝視著這一切，樹在那裡，河在那裡，船在那裡，大象在那裡，象伕在那裡，鳥在那裡，我也在那裡，在異國黃昏的天空下，我在那一刻體會到了無法言傳的美好經驗。

什麼叫「把握當下」？只要能單純又直接地與日常生活中的瑣碎擁抱，就是一種「活在當下」的生活態度，不背負包袱，不自尋煩惱，只快樂單純地存在於此時此刻，和生命在一起，和當下在一起，不去煩惱過去與未來⋯⋯。

照顧大象是象伕的責任，象伕年紀都很輕，無論何時看到他們都是笑嘻嘻地，他們幾乎都未受教育，全不識字，賺錢不多，吃得簡單，睡更隨便，日子過得單調簡陋，但笑容是如假包換的真誠。佛經說：「佛在心中」；《道德經》說：「道由心生」；《聖經》說：「上帝的國度就在你心中」，心是多麼重要啊，但往往我們的心都迷路了還不自知。而這些象伕無論他們有沒有宗教信仰，顯然他們都能安住在一成不變的生活中，生活簡單就可以自在，欲望愈少人生就愈幸福。

我曾經思索：一個人如果剝掉頭銜、財富、身分、華服……，還能自在喜悅地活著嗎？慶幸發現，生命即使還原素色，自己依然可以活得很自在。

從尼泊爾歸來，幾個月後，因緣具足皈依聖嚴師父，一天，讀到師父的文章：「生命之船擺渡在時而洶湧時而平靜的人生長河裡，唯有用慈悲和智慧做成的槳，才能划向清淨、自在的彼岸。」眼前不自覺又浮現奇旺國家公園的河流，黃昏裡潺潺而流的生命之河。

要渡過現實中的河流容易，但要渡過無始以來，生生世世不斷輪迴的生命河流卻不容易。幸而自己已經找到了方法——以法為舟。

祈願眾生都能找到最適合自己的方式，圓滿航向涅槃自在的彼岸。

瀘沽湖畔女兒國

一位好友嫁給雲南納西族，定居在麗江，每回只要我走滇藏公路入藏，都會先彎到麗江探望她。二〇〇六年十月下旬，再度來到麗江，住在朋友家，除了寫稿，就是悠閒隨意逛著。

之前，由於自己不喜歡過度開發的風景名勝，對麗江附近負載盛名的瀘沽湖，多次選擇過門不入，這回逛到書店，意外看到一本由一位十八歲大陸少女所寫的《凝眸瀘沽湖》，薄薄的小書，寫出一個年輕生命聽由心靈引導，在湖畔經歷了一個與自己靈魂對話的內心之旅。

文末有句話，「對旅行本身的思考，應高於對目的地的隨意置評」，讓我有點汗顏，年已半百的人竟然不如一個初出茅廬少女的胸襟，我不應該在未親歷之前就如此武斷地把瀘沽湖貼上標籤，拒絕瀘沽湖，說不定也在不知不覺間喪失了一些可貴的體會呢。因此，決定前往瀘沽湖住個幾天。

因交通不便，先參加二天一夜的散客團，再行脫隊。瀘沽湖行政上屬於寧蒗彝族自治縣永寧鄉❶，距離麗江二百多公里，包括一段著名的九拐十八彎盤山路，整段路大多是崎嶇難行的礫石路面，一般車程約六小時。聽說在一九七二年通車前，從麗江必須徒步十天才能抵達永寧，長久以來的地理隔閡，使得永寧山區的摩梭人享受著與世無爭的寧靜。

這天下午，旅遊車還在山間迴繞，車上乘客漸漸暈頭轉向，忽然車子停下來，原來是到了一個展望良好的觀景台，可以居高臨下瀏覽瀘沽湖全景，大家精神一振，拿著相機衝下車。

呵，湖水藍綠相映的瀘沽湖宛如碧玉絲帶，寧靜地躺在層峰夾峙中，山風吹過碧波蕩漾，司機兼導遊先生在一旁不停介紹——瀘沽湖位於雲南與四川交界，摩梭語叫「黑納米」，意思是「母親的湖」，傳說它是由湖畔山峰格姆女神的一滴情淚化成的。海拔二六九〇公尺，平均湖深四十五公尺，是中國最深的淡水湖之一，湖水清澈蔚藍，最大能見度有十二公尺，風光明媚，別稱「高原明珠」、「滇西北的一片淨土」，民風古樸，山水秀麗，以傳奇風情著稱，充滿神祕色彩。

第一天住宿在大落水村，由於出發前已調整個人心態，抱著接納、不批判的心來到，於是，即使是走在過度開發、四周吵雜喧譁的群眾及商店街之中，雖然不太適應，也能自在隨喜。

晚飯後前往參加「篝火晚會」，場地安排在村外，拿著手電筒走過黑暗的一段路才抵達，這本是摩梭人為了讓男女有認識機會而舉行的傳統歌舞聯歡會，如今轉型成專為遊客舉辦，門票每人十元入場，空地正中央生起一堆營火，男的英俊女的秀麗，輪流表演各種歌唱及舞蹈，看了一會，除了服裝有點特色，感覺沒啥特別，環觀四周人山人海的遊客，卻一個比一個情緒高昂，或許「醉翁之意不在酒」吧，不少人陸續加入歌舞行列，歡聲雷動。

我奮力穿過人潮，走進黑夜中，經過已靜悄悄一片的村落，來到湖邊，岸邊那一整排白日喧鬧的餐廳和土產店都已休息。滿天星斗的夜空下，瀘沽湖恢復本來面目，寧靜而又神祕。湖水規律地拍擊著岸邊，像首小夜曲，我在湖邊坐了一會，享受著這適合自己口味的小品文，夜雖黑，卻看到自己的心和瀘沽湖同樣清透。

第二天早上，從小漁垻碼頭搭傳統的「豬槽船」遊覽湖中島「里務比島」，這種船以形狀類似豬槽而命名，是瀘沽湖特有的人力船，穿著傳統服裝的摩梭小伙子手持木槳，姿勢優美地划破湖面，頓然碧波蕩漾開去。

陽光下，湖水清澈透明，水深處則變化時藍時綠，靠近岸邊，生長著細長的水草，在水底輕柔地飄舞著，另有一種遠看像棉絮近看才知是小小白色的花朵，飄浮在水面上，問小伙子花的名字，不知是否開玩笑，他竟然回答「水性楊花」，我心中感到疑惑，真的有這種花名嗎？本想再問個清楚，轉念一想，何必追根究柢呢，可能是當地俗名，而且這名字和花的特色也無比貼切，像流水那樣流動易變，像楊花那樣柔軟輕飄。

里務比島又稱「鳥島」，樹木蔥蘢，是候鳥、野鴨的棲息處，島上有座建於一六三四年的格魯派寺院，在島的另一側還有一座「洛克故居」，洛克是美國植物學家，曾在此住了二十多年，舊居毀於文革，此為重建，站在二樓迴廊，清風徐徐，碧波如頃，湖光山色盡收眼底，小島恍如與世隔絕，洛克先生還真懂得享受呢！

下午告別散客團，本想前往湖畔最深處的偏遠村子，但缺乏交通工具，只能到達車程約二十分鐘距離的里格半島。

瀘沽湖四周青山環抱，湖岸曲折多灣，湖中散布五個獨立小島及三個半島，里格半島是其中一個，剛開發，仍保有自然本色。抵達後直接前往網路推介的老字號民宿，談好價錢進到房間，發現蒼蠅滿室飛，多到令人受不了，只好退房轉往湖邊新開張的歐式木屋，原本訂價頗高，由於電源線路還未接好，熱水器和電視無法使用，所以半價成交，這一住住了三天。

房間面湖，落地窗外有個獨立的小陽台，三天中除了用餐及晨昏時刻到村中和湖邊散步外，我足不出戶，待在房內看書、寫稿，隨興之所至坐在陽台接受陽光洗禮或觀看湖面光影變化。心中竊喜自己也成為洛克先生了，可惜無法久駐。

木屋老闆是個摩梭姑娘，在和她聊天及看了她推薦的書《無夫無父的國度？重女不輕男的母系摩梭》後，對摩梭文化有了認識。摩梭人數不到一萬人，至今還保留著母系大家庭及男不娶、女不嫁、結合自願、離散自由的婚姻型態。

之前，大部分外人（包括我在內）對摩梭人的認識都來自《走出女兒國》一書，對書中所描述的「走婚制度」及作者先後與六個異國男子間的戀情，既好奇又新鮮。但這本書雖讓摩梭人揚名海內外，不過許多摩梭人都認為內容不足以代表摩梭文化。因為作者於一九八三年離家出外時才十三歲，到一九九七年出版該書，已經連續十四年生活在大都市，對傳統摩梭文化的認識與理解難免片面。

摩梭人普遍認為香港周華山博士著作的《無夫無父的國度？重女不輕男的母系摩梭》，是目前為止最能客觀報導摩梭文化的書籍。周博士於一九九八年八月到摩梭山區住了一年多，學會摩梭語，採訪了一百多位摩梭人，才寫成該書。

依據周博士研究，摩梭人走婚完全以感情為本，一旦真情不再便分手，絕非濫交，而是隨情而聚，情逝則散。他們高度崇尚感情自由，走婚制的文化設計，既與金錢、物質、階級、門戶等現實考量分開，也不受家規、族權、神權等經濟、政治或宗教左右。

摩梭人沒有私有財產、唯我排外與嫉妒等觀念，他們把自己的生母、生母的姊妹、生母兄弟的伴侶，一律當作自己的母親；把自己的子女、自己姊妹的子女，一概視作自己的子女，這是摩梭人約定俗成的道德觀。

這種以「和諧分享」，而非「占有與競爭」為本的摩梭母系思維，跨越占有、排斥與嫉妒，展現了集體關愛意識與沒有分別心的無上價值。

我恍然大悟，難怪摩梭人口中的阿咪（母親）往往是眾數，也難怪摩梭人的主導思維是「我們」，不是「我」。

反觀一切強調「自我」、強調「個性」，開口閉口皆以「我」為主詞的其他民族，總是紛爭不斷，應該不難明白濾沽湖畔的摩梭人千百年來能常保安寧淨土的關鍵所在。

註❶：十三世紀忽必烈率大軍平定大理時，意外發現如畫的濾沽湖，村民恬靜安詳，自得其樂，故取名為永（遠）寧（靜）。

開出心中的花朵

「森吉梅朵慈善學校」位於雲南省迪慶藏族自治州維西縣塔城鎮其宗村，距離麗江約一百七十公里。維西屬少數民族傈僳族自治縣，但其宗村是藏族村落。森吉梅朵也是從藏語直接音譯，意思是「心的花朵」。

校名由當地達摩祖師洞、來遠寺❶的讓迥活佛賜名，連校地也是活佛提供僧舍用地給學校使用。活佛說：「天下眾生每個人內心原本都是很純潔的，只是因緣的造就，在內心產生的喜怒哀樂影響了本來具有的純潔心。所以我希望每個人心裡那朵純潔善良的花，能因為幫助別人而開放。」

初聞森吉梅朵，是二〇〇六年春天我在西藏遊學時，認識一位即將前往該校任教的成都女孩，她告訴我創辦人貢覺丹增強丘俗名李兵，是個留法學藝術的北京女孩，因緣出家，在藏區看到有些小孩因住處偏遠、經濟貧困、父母死亡或離異等因素而失學，內心卻渴望讀書，於是，秉持「願天下芸芸眾生離苦得樂」的初發心，發願建一所兒童慈善學校。

她先翻山越嶺前往藏區的偏遠山村，挨家挨戶拜訪登記了七十多名符合條件的小孩，答應他們隨著學校興建會陸續接他們去讀書；然後她動員海內外朋友關係，找尋願意連續十年資助每個小孩每月學習及生活費一八〇元人民幣的資助人。

當時已有義工幫學校架設了網站❷，我上網瀏覽，很認同李兵主張藏區兒童慈善學校的教育重點不在於使學生拿到畢業證書，參加升學競爭，而是強調實用教學，以培養學生自助助人的實際能力。

接著讀到一段日誌：「一天下午，在四川甘孜藏族自治州的一個小山村，有個九歲的男孩，坐在自家屋頂上哭了一個下午，原因是他沒錢買一支鉛筆……。」一陣心酸，二話不說，立刻和先生加入長期資助行列，並鼓吹周遭朋友捐款，從此和「森吉梅朵」結下不解之緣。

二〇〇六年十一月我初訪其宗，學校剛開學兩個月，設備因陋就簡，只能先接來十七位小孩，最小五歲，最大十二歲，所有小孩剛來時，大多髒黑、瘦弱、畏怯，有好幾個孩子從沒吃飽過，擔心下一餐沒得吃，看到食物就狼吞虎嚥，早餐喝下兩碗粥再加七個饅頭；中、晚餐一碗飯接一碗飯下肚，無論怎麼吃都還是說沒吃飽，結果吃到肚子痛，大吐特吐。後來老師一再跟孩子們保證，每餐都有得吃，絕不會讓他們挨餓。慢慢地，飲食習慣才趨正常。

學校老師來自大陸各地，日夜和孩子共處，兼顧學習與生活起居，角色既是老師，又是父母，也是大哥哥大姊姊，工作辛苦卻甘之如飴。每個月只有微薄的二百多元津貼，若非熱情、理想與使命感支持，肯定無法久留，但他們都表示無價的收穫是來自孩子們的愛，很大、很多的愛，老師們常常會收到孩子送的禮物，有撿來的漂亮石頭、孩子自己畫的圖畫、自己做的紙風箏和紙飛機……，而最多的禮物是擁抱和感謝！

學校一邊募款一邊建設，直到二〇〇八年六月，可以容納八十名學生的教室、宿舍及圖書室等陸續完工，一切步上正軌。這些曾經被遺忘在深山一隅的孩子們，從此開展出嶄新的人生。

這幾年來，我每年都會前往學校幾天，親見原本是一片遍布大小石礫的金沙江畔荒地，在大家齊心努力下，慢慢建構成為孩子的快樂天堂。不舍晝夜流動的江水，記錄了操場上打球、奔跑、嬉戲的歡笑聲和教室裡朗朗的讀書聲；山間輕揚的微風，刻鏤下圖書室裡看故事書或埋首畫圖的專注神韻和水槽旁用小手搓洗自己衣服的認真身影……，我真切感受到人人心中那朵慈悲善良的花朵，逐漸燦爛開放的無限美好。

學校靈魂人物李兵，令人好奇她為何捨得放棄留法藝術家的角色；離開北京優渥的生活；割捨已論婚嫁的男友，轉身成為一名比丘尼。後來在她寫的一本書《人如遼闊高原的一隻蟲》中，我看到幾句話——「從大海到寬闊的江河，到山澗，當抵達過數百眼湧出清泉的源頭之後，世界就不一樣了。」我有些懂了，那應該是一種回歸原點、找到本初心的豁然與明白吧！

她也曾這樣描繪她在北京初逢西藏喇嘛的剎那：「看到他的目光時，頃刻之間，我就得到了一種深刻的體驗，那是一種非常穩固，非常明確的感覺：寧靜而單純。它是那麼的完整。讓周圍的一切都不復存在……，我在心裡反覆地嘀咕——是了，這就是了。」

呵，這種感受我也有過，彷彿在喧鬧中，心被一種深遠的平靜感震懾住，言語不足以形容，但就是明白自己已經遇見此生絕不可放棄的某種價值，必須尋找並跟隨。

和李兵熟稔後，她告訴我，辦慈善學校意味著個人的閉關修行勢必擱延，所以她也有過猶豫和掙扎，但隨即想到自己出家本來就不是逃避，而是為了承擔更多的責任。個人不重要，重要的是自己之外的眾生，修行者甚至可以依賴修行「利益一切眾生」而得到證悟。何況，慈悲對待他人，讓他人從痛苦中解脫，和供養諸佛的利益是一樣的。愈能幫助眾生，諸佛就愈歡喜。於是她下定決心，要把十年的生命奉獻給這些孩子。

從校務、行政到教學，她全心投入，和孩子之間完全沒有僧俗與師生的距離，孩子暱稱她為「李兵阿姨」，總是跟前跟後牽著她手、拉她衣擺，調皮的小孩還趴到她背上，讓她背著跑。那一身紅僧服在青山綠水間流動，身後一群小孩咯咯笑著追逐，畫面是如此地美麗又安詳。

上回去看小孩，他們正使用自製的小布袋當克難躲避球玩兒，拋擲閃躲，無限歡樂！這種發自內心不假外求的快樂，是都會小孩一生都無法體會及想像的。

當時由於物價上漲，微薄的資助款入不敷出，學校改成每餐只供應一道什錦大鍋菜，搭配自製醃菜，但孩子們毫無怨言，都說只要有書讀就很高興了，全校師生還表決通過每兩天有一天吃素，省下的錢由當天選出的最佳學生放入捐贈箱，累積後轉捐給比他們更貧困的小學。

啊，貧窮而善良的靈魂是多麼地令人讚歎呀！

註❶：達摩祖師洞和來遠寺位於村外山頂，海拔三一〇〇公尺。

註❷：森吉梅朵慈善學校網址：http://www.tibetanflowers.org/home/index.htm

登山禪

從高中參加救國團活動登上玉山，開始迷戀上高山；大學加入登山社，接受訓練取得高山嚮導及領隊資格，從此，只要走進山林，內心就會湧現一股寧謐、單純而豐富的滿足感，讓我像嗎啡一樣上癮，三十多年來，對山的情感未曾稍減。

曾經被問：「為什麼喜歡山？」心裡篤定卻無法以言語回答。二十世紀最富盛名、曾三度攀登聖母峰的英國登山家馬洛里，也曾被問：「為什麼要登山？」他回答：「因為山在那裡！」（Because it's there.）

這句「因為山在那裡！」成為岳界經典名言，但我總覺得還不足以表達自己對山的感覺。直到幾年前開始學佛修禪，才恍然，原來我熱愛登山、身心靈可以安住於山林中，是因為登山過程隱含著禪的境界，以前我不明白，其實我早已在登山過程中，找到了屬於自己的一種心靈信仰！

很多人覺得登高山很危險，對照紅塵，我反認為「踏穿世路覺山平」、「世人心更險於山」。我在高山上感受到全然的自由，那是來自於一種內在的心安，日子原來可以這麼簡單，遠離日常生活模式，將維繫生命的要素精簡打包，背負在自己肩背上，懷著一顆虔誠、尊重與謙卑的心走進山中，回報而來的就只有大自然全然的信任與豐富的說法示現，源源不斷沉澱我被紅塵喧擾的心，讓心清澄深澈，如宇宙般宏觀。

對我而言，登山不只是體能活動，它升高了我生命的視野。

二〇〇九年，春風輕拂的三月，再度背起背包，十多個年過半百的朋友結伴縱走「能高安東軍山」，這是台灣中央山脈名聞遐邇的高山草原湖泊區，包含六座百岳❶，以及羅列在綠草如茵山坡上的大小湖泊，景色絕美。

前一晚投宿南投盧山溫泉，清晨搭車到屯原登山口，背包一上肩，全身血液立刻沸騰了，每一顆細胞也都張開了翅膀，就像身經百戰的將士荷起槍枝準備上戰場，又像馴養的犬隻忽然記起了遠古時期狼狗祖先的英勇。

或許，這也是直到現在，每回單獨旅行，我總是喜歡以背包代替行李箱的緣故吧！只要背包上肩，就會喚醒一份久遠的記憶；一份青春的情懷。

手持登山杖，我在山道上安步當車，隨著海拔升高肩背逐漸沉重，呼吸也愈加急促，但就像面對禪坐時的各種境況，不迎不拒，不喜不惱，就只是如實接受它。我將呼吸安住在每一個步伐上，一步一步緩緩跨出去，感受腳掌與土地的緊密接觸，不在乎山頭有多高，不在乎離今晚預定的營地有多遠，就只是全神貫注於呼吸的出入與步伐的伸展上。

背負十多公斤登山，不算什麼，泰國以弘揚內觀禪修聞名國際的讚念長老，曾經連續七年在墳場苦修，他從三十多歲開始，每天都掛六十公斤重物在身上，用來檢驗自己對「感受」有無執著，如今已七十多歲了，仍然身掛三十公斤重物。

他如此開示「苦」：「苦是無從逃避的，你可以盡你所能去跑，它仍然是和你在一起。我們所需要的是：停在當地，培養出大覺性的力量，只有以這種方式，就在當下、當處，我們能使自己脫離了苦。」

登山時，將心念專注在眼前的每一步伐，這不也正是一種覺性！

第二天之後的行進主要沿著稜線，「行到水窮處，坐看雲起時」，回望後面正在往上攀爬的同伴，再高大的個子走在中央山脈三千公尺的山徑上，也變成只像綿延草原上的一隻小螞蟻，隨著稜線起伏緩慢移動著細小身軀。遠遠望去，自稱萬物之靈的人類真是渺小啊！難怪馬洛里在被尋問征服了幾座高山時回答：「我征服了什麼？我什麼也沒有征服，我只是征服了自己。」

入夜，我走到離營地稍遠的山坡，在清澈透明的寒意中，一個人靜靜地望著星空，望著剪影般的神祕山巒，張開雙臂，我彷彿一棵汲取天地能量的大樹，在開闊的高山曠野裡，找到安身立命的空間，肆意享受著枝葉往四面八方盡情舒展的輕安自在。四下俱寂，只餘大自然的萬籟交響，敞開身心，全然放鬆於深、緩、細、長的呼吸中，心清澄而專一。

第四天黃昏，走過位於山徑旁的小水池時，邂逅一隻前來喝水的水鹿，滿懷驚喜，趕緊請同伴幫我拍下那個剎那，下山後每看一次那張愛山人和水鹿邂逅在藍天倒映池畔的照片，就興起幾分「舉杯邀明月，對影成三人」的詩意情懷。

當晚紮營白石池畔，水鹿三三兩兩現身，近二十隻將我們包圍，大家受到以往鹿群不良紀錄（吃光登山客糧食、破壞帳篷等）的影響，有點惴惴不安，叫囂著驅趕鹿群，有人還丟擲石頭嚇牠們，突然間，服務於林務局的學長大喝一聲：「你們趕什麼趕啊，這是牠們的家，你們要趕牠們去哪裡啊？」

剎那，我感到一陣羞愧，是啊，我們才是闖入者，鳩占雀巢，我們憑什麼趕走牠們？心念一轉，頓時對水鹿就有了無比的包容與疼愛，也不再擔心牠們會來偷襲了。

後來我走到離營地有點距離的隱蔽處上廁所，鹿群遠遠跟著我走動的方向移動，我蹲下後，牠們站立不動，只將視線朝向我的方向，等候著❷，我們彼此靜默地隔著矮草叢對望，山風吹拂過我裸露的屁股，一陣涼意，我忍不住對著牠們微笑起來，鹿兒則微側著頭回望著我……。

在三千公尺的高山上，山風靜靜流轉，鹿群如如不動，我也如如不動……。

註❶：指標高三千公尺以上，或奇或險或峻或秀，且山形起伏明顯的一百座高峰。

註❷：登山客的尿液是高山水鹿汲取鹽分的來源。

每天一百公里的幸福——

對你而言，幸福是什麼？每個人對幸福的定義雖然不同，但對幸福追求之心卻是普天下人皆同。有的人認為幸福難得；有的人抱怨幸福老和自己錯身而過，但你有沒有想過，是不是因為自己對幸福太苛求了呢？是不是因為自己一心追求遠在天邊的大幸福，而忽略了身旁一些小小的幸福？

二○○九年十一月，我們一群大學老朋友，八男三女，以九天時間完成了單車環島一○二一公里，未出發前，本來擔心會很辛苦，畢竟我們年齡最長者已六十三歲，最年輕也有五十歲了。沒想到，旅程展開後，雖然每天騎一百到一百二十公里，確實有很辛苦勞累的時候，但心理上卻感受到無以言喻的幸福感，發現原來幸福是如此地簡單，每天只要辛勞付出、努力完成既定的分段目標，黃昏前全員平安抵達住宿點，洗個熱水澡，吃一頓飽，幸福就會來報到。

這趟單車環島之約，早在一年前就訂下了，對有些人而言，單車環島可能象徵著自我挑戰與征服，但對我而言，走過人生半百歲月，生命中已數不清多少回高峰登過、低谷走過，類似挑戰、征服這種字眼早已不在我的字典裡。單車環島，就只是單純地想要圓一個夢想——踩踏兩輪貼近自己生長的故鄉一圈。

為了應付每天一百多公里的騎乘，我們在半年前展開團體訓練，包括安全講習、簡易維修及實地騎乘等，為了增強自己體能，我還額外挑選週一到週五的清晨或黃昏，獨自從蘆洲家來回八里，有幾次也模擬環島每天一百公里的騎程，來回金山老街，一次比一次感覺到腳力在增強中，欣喜於離夢想愈來愈近了。

從台北出發後，沿著西岸往南，經恆春半島再往東，每天經過不同鄉鎮，品嘗到各地風土民情的特色，見證到台灣百姓的生命力。十一月的台灣，秋老虎威力依然強勁，烈日下騎車汗流浹背，有人調侃何苦來哉？等看到大半身浸在菱角水田裡忙著採菱角的農婦，看到蹲在碧綠菜園裡除草的老農，看到路邊辛苦叫賣的水果販，看到八八水災造成的災難現場……，頓覺沒什麼好抱怨的，比起大多數人我們幸福太多了。

因為炎熱，途中休息，總是找陰涼的樹蔭，每當坐在樹下享受涼風，抬頭感謝樹，總會想起泰國法師阿姜查的故事，有人問他：「你是阿羅漢了嗎？」法師回答：「我像森林裡的一棵樹，充滿了花、葉子和果實。鳥兒來覓食、築巢，動物在樹蔭下棲息，然而樹並不知道自己是樹，只是順著自己的天性，它只是它。」不知自己到何時，才能體會出「不知我是我，只是順著天性」的修行境界？

騎到台南時，幾個老友來陪騎，學妹T的母親剛往生，而年初她先生才因上山搜索失蹤女山友而意外墜崖身亡，想要慰問她，一時口拙只說：「你今年真不容易，走了兩個至親的人……。」

沒想到T帶著淡淡笑容輕輕回答：「是四個人，不是兩個人。」

震驚之餘，問清原由，才知一年半以來，她連續失去了爸爸、丈夫、媽媽跟哥哥，老天啊，這要擁有什麼樣的勇氣才能面對呢？忍不住緊緊擁抱住她，彼此一同感慨生命的無常與脆弱，熱淚盈眶⋯⋯。

T是勇敢的，她說：「生命的脆弱實在令人害怕，但我沒有花太多時間去難過，自己還有孩子要好好的活下去是最重要的，老朋友有時間相聚一定要把握喔！」

一轉身，她又展開那如南台灣陽光般燦爛的笑容，忙著招呼大家用餐去了。

從恆春半島四重溪經牡丹騎上南迴公路最高點、台東縣與屏東縣交界的壽峠（一般寫成壽卡），是環島行程裡第一個長上坡段，但不知是因為前面每天騎乘，腳力增強了；還是因為以為很困難，嚴陣以待，已有充分心理建設，結果竟然輕鬆地就騎上海拔四八〇公尺的最高點了。而原先擔心的另一個長上坡段——北宜公路，後來也發現，雖然騎得很累，但也沒想像中困難，慢慢騎，不知不覺就完成了。

慢慢騎，就是我應對漫長上坡的基本原則，先找出呼吸和腳踩踏板之間配合的韻律，加上持〈六字大明咒〉：嗡瑪尼唄美吽，嗡二拍，瑪尼唄美各一拍，吽二拍，隨著拍數踩踏板，不要求快只要求緩而長。這時，通常都是心中那個懶散、放逸的我會先跳出來搗亂：「好累喔，休息一下吧，喝點水吃點東西！」引誘著我停下來。幸好另一個堅強的我也立刻會跳出來鼓勵：「堅持一下，再堅持一下，剛剛才休息過呢，繼續騎，你可以的。」

相對上坡的勞累，長下坡就是最逍遙的時刻了，雙手輕輕扣住剎車，彎低身子減少風阻，全身放鬆地安住在單車上，人車合為一體，隨下坡的加速度自自然然往下滑，順著之型公路的左彎右彎弧度，溜出優美的左旋右旋曲線，風在耳旁呼嘯而過，每一吋肌膚都感受到被風按摩的暢快。

騎到東海岸，秋冬季節正是東北季風強勁時，逆風前進，騎一尺又被強風逼退半尺，挫折感很大，而超強的瞬間陣風又好像要把人和車一起捲進太平洋中似地，唯一對策只能埋頭，堅定地往前騎。

倒數第三天下午，屋漏偏逢連夜雨，遇到下大雨，身上穿的單車專用雨衣一下就濕透了，風勢夾帶雨勢，打在皮膚很是刺痛，四周昏天黑地，彷彿世界末日，最後幾公里，雖然奮力騎，期望能增加點熱能，但仍漸感寒顫，於是我大聲地唱誦起〈六字大明咒〉，反正強風勁雨中也不會有人來抗議，就這樣，和著風聲雨聲為伴奏，觀想諸佛菩薩圍繞頭頂及四周保護著我，於是愈騎愈順利。

抵達民宿山莊，洗過熱水澡，等候用餐的空檔，我斜倚在床上，啜飲著熱茶，欣賞全幅大窗景外面的景緻，從風雨飄搖到風雨漸歇，窗外花園呈現一片雨後新綠，心中飽漲無法言喻的幸福。就好像冬天在田園裡辛勤工作了一整天的農夫，黃昏回到家，洗過澡，換上居家服，舒適地坐在火爐前那張自己最喜愛的搖椅上，心滿意足地烤火喝熱茶，那一刻，他什麼都不用操心了，這一天的工作已完畢。

這或許是很平常的小幸福，但卻也是最真實地、我們時時掌握得到的幸福。

圓滿單車環島回來，不少朋友問：「辛苦嗎？」當然辛苦，但這辛苦伴隨著甜美的滋味，我還發現連續長程騎車，「踏上踏板」竟然和年輕以來長程縱走時「背包上肩」有著同樣的魔力，好像超人變身的指令，雙腳一踏上踏板，剎那每一顆細胞就會充滿青春，馬力十足向前衝。

因此，九天下來，不知不覺騎得有點上癮了，回到家隔天，一整天雙腳踏在平路上，老覺得怪怪地，竟然強烈懷念起那每天騎一百公里的幸福呢！

濕地生之歌

午後四點，退潮時刻，站在彰化芳苑鄉的泥灘地海域，往南是一路綿延到濁水溪口的大城濕地，往西是海洋的方向，我踮起腳尖，引頸西望，茫茫然分不出哪裡是海和天的交際。

終於相信環保聯盟說的——這片濕地總面積八千公頃（日月潭的十倍大），潮間帶寬達六公里，以一般人步行速度換算，最少要花一個半小時才能走到海邊。

為什麼會在炎熱的八月天來到酷熱的中部呢？

六月，為了搶救台灣母親之河濁水溪口，保護瀕臨絕種的台灣白海豚，環保團體共同發起「全民來認股，守護白海豚」的活動。這是台灣有史以來第一次自發的環境信託活動。

七月，政府首長說了一句令人啼笑皆非的話：「白海豚自己會轉彎」。

八月，藝文界發起連署聲明，反對濁水溪口開發石化業。

……。

拋開經濟與環保之爭，單純來看，生在台灣，怎可不了解故鄉這些美麗的生態？不了解，談何守護？於是，一大群朋友攜家帶眷共乘遊覽車由台北南下，和中部朋友會合後，浩浩蕩蕩六十多人，展開走訪高美濕地❶、芳苑濕地及尋找白海豚之旅。

早上先拜訪高美濕地，高美濕地位於大甲溪出海口南岸的清水鎮海域，最早是海水浴場，一九七六年台中港啟用，在港口防風林北岸興建攔砂堤，造成浴場泥沙淤積，終告關閉。這些淤沙經過長時自然演替，形成一處包含草澤、沙地、石礫、泥灘等多元型態的濕地，孕育了豐富的生態資源。每年春夏之際，吸引夏季候鳥至此繁殖；秋冬之際也會有大批候鳥拜訪。

赤足走進濕地，第一個入目驚豔的是大片翠綠、紅黃交雜的「雲林莞草」，在淺水中隨著水流隨著海風，輕舞搖擺。幾隻白鷺在旁靜候覓食。雲南莞草每年夏季生長茂盛，秋季逐漸老化枯萎，僅存地下根莖，等待來年春天重新萌芽。它枯萎的枝葉化成肥沃的腐生質，正好提供給濕地的無脊椎動物和魚類食用，而這些無脊椎動物和魚類再成為鳥類的食物，形成食物鏈。

我走近彎身端詳這些細長的葉片，吃驚的發現，遠望像是開著紅黃花穗的頂端，其實是生命已走向尾聲的枯萎葉片，只因光影水波的折射，巧妙的在白花花的陽光照耀下，幻化如紅芒，遠望變成比生命正光鮮的其他綠葉還要來得美麗。

「落紅不是無情物，化作春泥更護花」，生命的價值有時不是表現在活著時，而是在死後。但我們凡夫總是執著生，拒絕死，讓我們向「雲林莞草」學習吧！

此行大家最期待的是，由彰化環保聯盟蔡嘉陽理事長帶領尋找白海豚，蔡理事長是留學英國的水鳥博士，從大學開始便因研究水鳥而愛上彰化海岸，守護彰化海岸二十年。他說，濁水溪口的泥灘地海域不僅是國際候鳥重要的覓食地，也是台灣白海豚迴游覓食的棲地。

台灣中西部海岸的這一群白海豚原本鮮為人知，出沒在苗栗通宵到嘉義外傘頂洲之間的海域，偏好淡鹹水交會環境，最特別的是牠們完全沒有跟相鄰的中國其他海豚種群有基因交流，是個獨立的種群，全世界台灣僅見。

這些只能在水深二十五公尺以內海域生活的白海豚，幼豚身體呈黑色，長大後變成白色，但在游泳時會因血管擴張使得皮膚泛紅，因此別名「粉紅色海豚」。又因通常在農曆三月媽祖生日前成群出現，又有「媽祖魚」之稱。

想像皮膚微微泛紅的白海豚，在台灣民俗信仰最廣泛的神靈誕辰時，成群結隊，映著藍天白雲，乘風破浪，在海面上以弧形的優美身影飛躍前進，一路吟唱媽祖誕辰之歌，而岸上的媽祖廟張燈結彩、囉鼓喧天，祭拜媽祖的信眾絡繹不絕，幸福滿滿……。啊，這不正是人和神靈，動物和人，生命和自然，融為一體、和諧之美的最佳詮釋麼！

蔡理事長表示，早年他們乘船出海賞鳥，常常看到白海豚成群出現，如今可遇不可求，主要因數十年來許多重大開發案逐漸污染其生存環境，數量銳減，從好幾百隻減少到八十六隻，已被聯合國列為最高保育等級。而今濁水溪口又將填海造陸興建國光石化廠，估計每年將排放一千二百萬噸二氧化碳，將更導致這群白海豚加速滅亡，很有可能台灣白海豚會成為本世紀繼中國長江白鱀豚後滅絕的哺乳類動物。

對這群一直住在西海岸的可愛鄰居，我們滿心嚮往，沿著彰濱工業區海岸走著，努力搜尋碧海中粉白的身影，可惜無緣一親芳澤，只有汗涔涔隨著海風直流。

最後來到我現在所站的芳苑濕地，這是台灣最大的泥質潮間帶，所謂的泥質潮間帶指的就是地面布滿濕泥，腳踩下便會陷進去。為避免陷入泥中無法自拔，大家換上導覽員提供的膠質鞋，並輪流乘坐兩輛牛車，往外海前進。

輪到我時，我坐在第一個位置，貼近牛和牽著牛軛的村婦背面往前望去，是綿延無盡的寬廣潮間帶，如浩瀚荒漠，三三兩兩養蚵的木柱寂靜地豎立著。我移動視線，從村婦背後變化不同的角度，前望側望，遠望近望，光影變幻下，牛車持續微晃著緩慢前進，體毛豐潤的黃牛與身穿花布料的村婦，構成一幅美麗的畫面，有一種超越時空的韻律感在鹹濕的空氣中蕩漾！

我在濕地上漫步，回想竟日所見，看似安靜隱晦的濕地裡，其實蘊藏著豐富的生命力。生命無論以哪一種型態存在，都有著令人讚歎的生命力；再小的生命也都有其安身立命的一套生存方式。例如海岸最常見的「馬鞍藤」，匍匐的蔓莖向四面拓展，每節生根深入土裡，耐鹽、耐風，耐貧瘠。人生遭逢困苦時，想想馬鞍藤的「逆來順受」，也就會「欣然接受」吧！

眼睛凸凸長在頭頂的兩棲魚類「大彈塗魚」，慣用肉質化的胸鰭和吸盤狀的腹鰭支撐身體，頭部不斷左右擺動，看起來像在跳扭扭舞，其實是在找食物。另一種「跳彈塗魚」，宛如身體裡裝有彈簧，不局限前進方向地東跳西跳，捕捉食物像在玩耍，牠們是何等地自得其樂。

我站著不動，沒一會兒，形形色色的招潮蟹紛紛爬出洞口來，一隻隻像小精靈般布滿我四周，東竄西竄，萬頭攢動。有的忙著在洞口築沙塔；有的打開大螯舞動像個提琴手；有的高舉雙螯像是呼喊萬歲動作……。看牠們舞動大螯做出各種動作，我知道那可不是愛現招搖，而是為了威嚇敵人或求偶。

我蹲下來，更貼近泥濘的大地，人是自然的一部分，靜心觀待與傾聽，就會聽見萬物的呢喃，就能謙卑地融入自然的心跳中，一切的對立、分別都不再存在，也就不會再發生「自然反撲」的種種天災了！

註❶：濕地簡單的定義是指陸地與水域間全年或間歇地被水淹沒的土地；廣泛的定義則是指「不論天然或人為、永久或暫時、淡水或鹹水，由泥沼、泥澤、泥煤地或水域所構成之地區。包括低潮時水深六公尺以內之海域。」

第二篇

勇氣與自由

愛琴海的誘惑／旅行到一條小溪
綠色珍珠／舊襪子和水蜘蛛／老鷹四十而不惑
苦旅中看見陽光／隨順因緣，得失皆自在

愛琴海的誘惑

五月才過了一半，台北的天氣就開始悶熱，真想躍入清涼的水中，以一種行禪的心境，緩慢地、專注地踢著蛙腳，雙手劃破水流前進，來來回回，如魚般自在地游。也想，只是張開四肢，鬆鬆軟軟地飄浮在水面上，讓水流輕輕沖擊著肌膚。這樣，在水波光影流轉中，或許就能穿越時空回到愛琴海湛藍的大海裡……。

即使到現在已學會了游泳，還是像做夢一樣難以置信：旱鴨子的我，此生第一次的浮潛經驗竟然發生於遙遠的愛琴海，而且年紀已近不惑。

因為童年在鄉下大排水溝溺過水，潛意識一直對水有著莫名的恐懼，成長過程中下意識捨水就山，大學時在台灣中央山脈來去悠遊，甚至取得當年登山界難得的女高山嚮導證，也活絡於各種戶外活動，但只要是和深水有關的活動，我就找藉口逃開，儘管也有幾次對著浩瀚的海洋興起嚮往之情，不過終就只是望洋興嘆而已，依然止於徘徊岸邊，低吟鄭愁予的詩句：「來自海上的雲，說海的沉默太深。來自海上的風，說海的笑聲太遼闊。」

跨向四十歲那年，會決定前往希臘愛琴海旅行其實是經過一番掙扎的，渴望走訪豐富古文明、藝術經典與神話傳說的國度，親身印證閱讀來的知識，但希臘之旅意味伴隨著愛琴海的海上風情，我來回掙扎，幾番思量，最後，在先生鼓勵下，於背包中塞進一件救生衣，這才惴惴不安地踏上旅程。

旅途中，不斷與現代、古典的希臘交錯相遇，往往前一刻還在車水馬龍的都會，下一刻已踏入神廟古蹟的廢墟，一個人的生命短到感覺不出我們就在寫歷史，但在希臘，卻可以在一回首、一轉身的分秒間，輕易穿越千年歷史，自由來去。

幾天後，離開希臘本島，搭乘輪船遨遊愛琴海。愛琴海據統計有大大小小島嶼五百多個，其中一百多個有人居住，我們受限時間，只走訪了六個各具特色的島嶼，從第一大島Crete島（約台灣四分之一大）到數小時就走完全島的小火山島，走著走著，身心如雲如風如水，漸次輕盈。

我也恍然大悟，為什麼顏料會有「愛琴藍」的色名。豔陽晴空下的愛琴海，湛藍、澄澈又濃郁，搭配各島建築用色的強烈對比，像是有人肆意潑灑顏料，揮筆成就濃烈醉醺又五彩繽紛的天地，致使我老是錯覺有人抬著一幅巨大的風景油畫，一路前後左右跟隨著。

或許就是這份濃烈醉醺迷濛了理智，讓人敞開心胸，丟下舊意識的束縛——我終於禁不住朋友一再慫恿與鼓勵，在有「愛琴海寶石」之稱的Mikonos島的「超級天堂」海岸，戴上蛙鏡，套上蛙鞋，跟著朋友的引導，一起拜訪海底世界。

雖然只是在離岸邊不遠的礁石區浮潛，前後也不過幾十分鐘，震撼卻是永恆的，從剛開始的忐忑不安，既期待又怕受傷害到逐漸適應，呼吸從急促趨於和緩，因緊張而明顯僵硬的肢體，也從抗拒慢慢柔軟，忘情地接受海流的輕撫，眼前色彩斑斕的成群魚兒，以滿漢全席般的豐盛戲碼，配合著陽光潮流織錦成的韻律與節奏，為我們盛大演出水中芭蕾，看得我目瞪口呆，興奮無法自抑，輕輕擺動著蛙腳，我好像也變成一尾魚了……。

有了美好的初邂逅，加上後來又不斷看到西方小孩在海裡和旅館游泳池裡玩得忘我，甚至連兩三歲的小娃兒被爸媽以手托舉或趴在背上，也玩水玩得笑呵呵。我原先對水關閉的心房，終於被打開了一點縫隙，隱約明白，障礙我三十多年的原來不是外在的敵人，不是童年那一次遙遠的溺水經驗，而是內心的慣性認知。

甲和乙兩個人一起走進一間沒有燈光的昏暗房間，看到地上有一條蛇，甲嚇得尖聲大叫，全身發抖，轉身就跑，乙打開電燈，發現只不過是一條繩子，喊住正在往外跑的甲：「不是蛇，是繩子。」甲半信半疑地仍然不敢靠近。為什麼兩人反應如此不同？原來甲被蛇咬過，恐懼如影隨形，他的慣性認知：只要是細長形的物體就是蛇，自己就會被咬。

我就像那個怕蛇的甲，如今，我痛下決心：不想再跑了。

回到台北，我找了位以耐性聞名的女教練，開始認真學游泳，由於日積月累對水的恐懼已根深柢固，以致在第一堂課的五十分鐘裡，我連最簡單的

「悶氣將頭埋進水中」這個動作都無法完成，不覺有點心灰意冷，教練不斷鼓勵我，要我別急，慢慢來沒關係，還告訴我她先生也溺過水，她教了足足三年，他才學會游泳。

真的？三年？（當時一點也不懷疑那是不是教練編出來鼓勵我的故事），我不過才失敗五十分鐘哩，那當然要繼續給自己機會，堅持到底囉！

之後，在一次又一次練習，一次又一次失敗中，我打定主意要和失敗、恐懼作朋友，我不灰心，一次又一次重來，像蝸牛一樣，一吋一吋慢慢地往上爬。

在經過數不清的時日後，終於學會了游泳，當我如一隻青蛙來來回回自在地游時，內心充滿感謝，感謝愛琴海的誘惑，感謝朋友的鼓勵，感謝教練的引導，我才有機會看清內心的恐懼；超越內心的恐懼。

旅行到一條小溪——

生命的存在絕不是偶然。

這是我在阿拉斯加旅行時最深刻的體會。

阿拉斯加三分之一面積位在北極圈內，北部凍原期長達八個月，寒冷荒涼，不適合人類居住，卻是野生動物的天堂。

年少時讀傑克・倫敦的書《野性的呼喚》（*The Call of The Wild*），蠻荒世界的野性令年少叛逆的心著迷、渴望，卻也同時伴隨著有點兒恐懼。直到親自拜訪阿拉斯加，喚醒了潛藏在內心深處的野性意識，竟羨慕起在冰天雪地裡怡然自得的野生動物——山羊在陡峻的山壁上跳躍自如；海豹、海獅在冰河裡臥冰悠哉；黑熊在河邊、在森林裡緩慢散步；麋鹿在草原上閒散吃草；鮭魚在湍急的溪流中銀白翻飛執著往上溯游……，似乎牠們都能找到自己安頓身心的歡喜所在。

而生活在文明世界中的我們，有幾個人能做得到呢？

自己二十多年來沉迷登山，遊走台灣中央山脈深處，想來也是另一種形式的遠離文明、滿足內心對野性的渴望於一二分吧！

這天，旅行到一條以鮭魚為名的小溪，那本是一條很普通的小溪，卻因為溪中擠滿勇敢的鮭魚而顯得格外特別。

陽光下，數以千計的鮭魚在清澈的溪流中奮力上游，水花沿著擺動的斑斕魚身鑲出閃亮的花邊，在微風輕送，兩岸青草綠樹的陪襯下，本應是一幅美麗浪漫的寫真畫，卻因魚身的遍體鱗傷而蒙上陰影。

看了有點不忍心，想要別開頭轉身離去，但好奇心又趨使我挪不開腳步，牠們游在水裡，為什麼會一身是傷呢？我沿著岸邊往鮭魚來的下游方向走了一小段，發現有道溪床陡峭，高低落差使得流水湍急，而且水中布滿尖銳嶙峋的大小石塊，鮭魚在往上躍衝時，躲不過石塊的尖峰，皮膚被劃破，傷痕累累滲著血絲。而在這之前，不知已遇過多少劫難了，舊傷加上新創，全身於是體無完膚。

陡峭的急流擋住了不少筋疲力竭的鮭魚，每一次衝躍都被急流的力道沖回，只見鮭魚就順著水流被捲到緩流處，停在原處，鼓動著魚鰓，大口大口喘息著，等休息夠了，再次往上衝，再次被急流的力道沖回，再次往上衝，再次被急流的力道沖回……，就這樣重複又重複，隨著失敗次數的增加，牠們停留喘息的時間也隨之延長，衝躍的間隔愈來愈久，卻總在我以為牠就要放棄時，卻又看到牠再次一鼓作氣往上衝，繼續薛西佛斯推石上山的演出。

希臘神話裡，傳說大力士薛西佛斯（Sisyphus）得罪眾神，被懲罰將一塊巨石從山腳推上陡峻的坡頂，但當他用盡全身力氣將石頭推上坡頂後，石頭卻立刻滾下坡，因此薛西弗斯日復一日重複著相同的動作，把生命花費在徒勞無功的工作上，眾神認為這是對他最殘酷的懲罰。

那麼，薛西佛斯真的被懲罰了嗎？薛西佛斯的生命變得沒有意義了嗎？

法國哲學家卡繆（Albert Camus）曾以薛西佛斯的神話說明生命的意義

與存在的價值。他說：「單單朝向高處的奮鬥本身就足以填滿一個人的心靈，我們必須想像薛西佛斯是幸福的。」

是的，薛西佛斯展現了對眾神與命運的一種不屈不撓的反抗；只要他接受重複推巨石上山是自己生命的意義與存在的價值，不管結果只管過程，那麼，他就獲得了勝利。

這麼看來，傷痕累累、不屈不撓的鮭魚也應該是幸福的，也獲得了勝利，因為單單奮鬥的過程就已呈現價值連城的意義。

在一次又一次地衝躍後，幾條鮭魚成功了，躍上了水階梯，繼續向前接受下一段挑戰，也有那不幸的，終於耗盡最後一口氣，魚肚往上翻白，提早結束了今生這趟旅程。「出師未捷身先死，常使英雄淚滿襟」，我望著死亡的鮭魚，牠們一定很不甘願吧！

是一股什麼樣的力量趨使鮭魚這樣執著無悔的回溯？彷彿活著唯一的目的就是不斷地逆流而上。

根據研究，除了少數陸封型鮭魚外，所有的鮭魚在河流淡水中出生後，就會洄游到食物豐富的大海中成長，經過一到七年，當牠成熟到準備生育時，強烈的返家欲望會趨使牠們返回自己出生的那一條河流。當牠們進入河流後，身體會從銀白色依不同種類漸轉變成鮮亮的綠、紅、紫色，以幫助同一族群互相找到進行交配，雄鮭魚甚至會在下顎長出特別的鉤爪。而雌鮭魚從海口進入溪流後便不再進食，身體逐漸退化，從那一刻開始，牠唯一的目標就是到達出生地產卵，繁衍下一代，然後結束一生。

從茫茫大海到原鄉是一段漫長的歸鄉路，鮭魚是如何找到自己誕生的那一條河流呢？專家研究說是牠們能記憶水的味道，靠著靈敏的嗅覺辨識，這也太神奇了，可以說是生命的奇蹟！

有人計算過，最遠的一條歸鄉路是大鱗鮭魚從太平洋溯流到加拿大育空河上游產卵，必須跋涉將近四千公里，十個台灣的距離，多麼不可思議啊！在這段遙遠的旅程中，一路並非都是風平浪靜、風和日麗，但無論狂風暴雨、夜黑風高，都阻止不了鮭魚歸心似箭的腳步，恁它日出日落，只一心一意奔赴新生與死亡。

有所堅持、充滿勇氣的生命是讓人感動的。

駐足在小溪邊許久，看著看著，淚水竟然從眼眶裡滲出來了！

綠色珍珠

蓊鬱的綠是都市人遙遠的記憶，像一個飄浮在雲端的夢想，渴望卻又遙不可及。

於是，綠色山脈、綠色原野、綠色森林，所有和綠有關的景物，都成為旅行途中之必要。

曾租車拜訪美國西部內華達山脈的優勝美地國家公園（Yosemite National Park）、紅杉國家公園（Sequoia National Park）與帝王峽谷國家公園（Kings Canyon National Park），便是為了那連綿不盡的綠色海韻。

美國國家公園共有三十六座，其中近三分之二位於美西，內華達山脈東西橫亙三百公里，南北連貫七百公里，由北到南就包括了這三座國家公園。

在兩個國家公園之間移動時，因為漏看一個路標開錯路，待發覺回到正路，暮色已降臨，幸好事先預訂了住宿，所以可以不慌不忙、好整以暇地慢慢開，正好享受月夜行的情調。

車子在山路上蜿蜒爬升，寂靜山區只有一輪明月與我們同行，這天是農曆十六，月亮出奇地大，帶著神祕的清冷光輝俯視大地，兩旁是靜悄悄的森林，黝黑寧謐，除了引擎聲只有文河和我的輕聲低語，一段奇異的旅程唯我倆獨享，洋溢幸福相依的氛圍。

這種幸福相依的氛圍讓我想起文河服兵役時，有次休假，喜好登山的我們決定拜訪三千公尺高山，為節省時間，趕夜路上桃山瀑布旁的登山口紮營。夜黑風高中，周圍草叢樹木發出各種聲響，我們背負重裝，手牽著手一步一步往上爬，背後山下是一片燈火闌珊的武陵農場，我們頭也不回，趕赴群山的邀約。我在黑暗中斜仰著頭凝視文河，有種「弱水三千我只取一瓢飲」的執著與心滿意足，當下在心裡告訴自己：「是了，就是這個人，要和你牽手走一輩子的就是這個人。」

當時年輕，如今步入中年，兩個場景相隔遙遠卻是一樣的情懷！

夜晚行車看不到國家公園兩旁森林之美，到了白日，柳暗花明，古木參天，綠浪翻滾。由於優勝美地國家公園名聲太響，搶去手采，紅杉國家公園遊客不多，我們閒適悠哉地穿梭在數千年古老的巨杉林中，獨擁幽靜。

這種巨杉名叫Sequoia，樹皮因丹寧酸而呈現紅色，若以樹幹體積來比，它是一種最巨大的樹，也是美國境內現存最古老的植物，根據調查，平均每一棵巨杉的一生大約會產生六千萬個後代子孫，但能順利長成成熟巨杉的機率只有十億分之一，這樣微小的機會，生存變成是一種奢侈的盼望。

公園內那棵最古老的巨杉「謝爾曼將軍樹」（The General Sherman tree），為紀念美國南北戰爭時一位北軍將軍而命名，是目前世界公認最大的巨杉，樹高八十三公尺，樹齡約二千三百到二千七百歲，樹圍三十一公尺，大約需要二十個人才可以合抱住。很幸運地，二千多年來它一路平安成長，而其他的一些紅杉就沒這麼幸運了。

森林大火是它們最大的夢魘，幼小的紅杉往往逃不過火神魔掌，只能在熊熊火光中哀泣消失，唯有樹齡已在數百年以上的巨杉，由於樹幹質地已經非常堅硬，才能堅持到四周草木都被燒成灰燼後仍頑強地存活下來。

歷劫之後存活的巨杉，被燒之處會快速癒合，成長速度加快。而物競天擇，天然火劫帶來的最大優點便是幫忙它們騰空四周腹地，讓需要有寬廣空間才能長得更高大更自在的巨杉，得以自由伸展。

走過巨杉旁，會看到很多樹幹底部滿是火燒過的焦黑痕跡，第一眼看到，會誤以為死亡，但目光往上一移，翠綠的枝葉卻正以曼妙的舞姿告訴世人它仍然活著，它仍然在藍天下恣意張揚，潤飾著蒼穹下的永恆。

走在巨杉參天的大森林裡，我輕輕撫摸記載著數千年歲月的斑駁樹皮，要長成這麼高大的古樹，都是歷經多次森林大火，浴火重生後才有的結果。山風拂過，樹葉輕響，感覺到巨杉在陽光下和著大地呼吸甦醒著，沙沙地訴說起千年歲月的古老故事。

巨杉堅韌的生命力讓人聯想起一種叫作珍珠貝的貝類，珍珠貝屬於雙殼類，平日用足絲附著在岩石、珊瑚礁或砂礫上生活，是一種幾乎沒有自衛能力的小生靈，但它有個特性，會在受傷的地方分泌珍珠質，久而久之形成一顆珍珠。通常是當它張開殼時，若正好有沙粒或小蟲等掉進去，由於受到外來物的刺激，便會分泌出珍珠質，把「侵入者」包圍住，逐漸形成一粒天然的珍珠。人工養殖珍珠業者也是利用這個特性，為珍珠貝進行人工植核，將塑膠核或石子植入珍珠貝內，再把珍珠貝放回海中養殖區，經過數月，一顆珍珠就逐漸生成了。

把珍珠比喻為珍珠貝的生命結晶，一點也不為過。

我們人的生命不是也應該像巨杉、像珍珠貝一樣嗎？在人生道上，也許雲淡風輕，風平浪靜；也許風狂雨驟，激流湍急，當生命遇見挫折、出現了傷口，與其退縮暗自飲泣，不如學習珍珠貝和巨杉重塑傷口的韌性，把生命的創傷轉化為美麗的珍珠，轉化為生長的力量，昂首迎向風雨過後的陽光。

舊襪子和水蜘蛛

長城，像條巨龍盤踞在中國北方，昔日兩岸隔絕，它屢次出現於歷史、地理課本，當時不知今生是否有機會登上城牆眺望關外，長城只是遙遠的一個夢想。

大多數的中國人都有長城情結，那號稱從月球上就可以看到的盤旋巨龍，是世界奇觀，更是一段中華歷史活生生的寫真。長城的興建始於西元前七世紀，從秦始皇以來受到歷代君王重視，多次重建整修，直到清朝康熙皇帝才持不同看法，因為他的祖先是破長城進關的，他意識到堂堂皇朝不能只依賴石塊砌成的長城防衛，希望能以無形的長城取代有形的長城，「守國之道，唯在修德安民」，清朝成為中國歷史上不修長城的一個朝代。

「無形長城」，這是個耐人尋味的觀點，讀到這則記載，正是我身心俱疲時，當時服務於一家中日合資大企業的市場行銷部門，被業績的壓力、商場的詭譎多變、同儕追求陞遷的勾心鬥角……層層包圍，好長一段日子，我日夜追趕著每一分每一秒，想要魚與熊掌兼得，但那就好像在追趕自己的影子，無論我跑多快，影子永遠在我前面，永遠無法趕上。而且為了保護自己，我隨時如刺蝟般全副武裝，最終，只落得遍體鱗傷。

好想找到自己的無形長城。

而孫越寫的歌詞也屢次響起：「昨夜夢見我自己，那是個似曾相識的自己，幽幽地對我說，我不再喜歡你。」心中隱約一陣痛，如果窗外有風，我就有了想飛的理由……。

找不到自己的無形長城，很想自那不堪的環境抽離，但經濟壓力迫使我只能選擇苟延殘喘，最後在瀕臨窒息的底線前，休假出國，再度來到了長城。

繼上回登長城已二年了，和長城第一回相遇於八達嶺，摩肩接踵的觀光人潮加上現代化的人工設施，削弱了實現長城夢的歡喜，二度拜訪，選擇一般觀光客不會前往的箭扣長城，這段長城由於未經整修，保留原貌，一般稱為「野長城」。

汗流浹背地登上箭扣野長城的稜線，挺立於長城龍脊，迎著塞外吹來的風，每一個毛細孔都在歡唱。沿著龍脊上下攀爬，越過斷垣殘壁，越過峰火台，越過敵樓，走進斑駁的歲月中，四面一片壯闊，幾分蒼茫，豪氣干雲與寂寥愴然的情緒同時升起。

走累了，以天為幕、以地為蓆，我伸直雙腿輕鬆地靠坐在城牆上，清楚感覺到登山健走後腿部每一吋肌膚真實的存在，視線經過小腿再往前，是軟硬適中，鬆緊恰恰好的登山襪，這雙襪子穿了好幾年了，早就磨損泛白，但因已和我的雙腳有了一種無言的默契，穿著它，登再高的山、走再遠的路也輕鬆舒適，所以一直捨不得換掉它，每次回到家脫下它，再以投籃姿勢遠遠對準洗衣籃拋入時，我同時也會在心中向它說謝謝，感謝它又陪我圓滿了一次行程。

想到這，腦中忽然閃過一個念頭，在某些時候，人是不是也該像一隻軟綿綿的舊襪子，就不會在乎摔倒了，即使受到重擊、被人用力丟，也不會折斷，也不會受傷……。

長城牆垣旁的樹叢葉片上來了一隻不知名的小昆蟲，是在覓食吧！來來回回爬行著，想起曾在一本談昆蟲的書讀到，夏天的溪流常有一種長腳水蜘蛛，來回穿行在清澈的水面上，由於水表面張力的支撐，長腳水蜘蛛可以輕鬆在水面自由滑走，不論是順流還是逆流，細細長長的腳在水面上快速移動，只會激起輕微的漣漪。

舊襪子和水蜘蛛？是一望無際的關外風光讓我困居囹圄中的心豁然打開了吧！這兩種完全不同的意象連結在一起，居然開展出一片柳暗花明。

於是，從長城歸來後，我開始在適當時候變形為軟綿綿的舊襪子，四兩撥千斤的領納來到我跟前的任何打擊；或是想像自己是一隻長腳水蜘蛛，不在意腳下滑過的是清涼的溪水還是白雲的倒影；不在意頭上頂著的是豔陽藍天還是陰沉雨天，就只是輕輕鬆鬆滑過煩惱和挫折……。

心中原有的硬壘鬱氣逐漸消融，曾一度緊握不放的拳頭也慢慢鬆開，長期以來日漸擴大的傷口終於一點一滴慢慢癒合。

於是發現，人只要不執著於有、不執著於無，也就是「不離不住」的境界，既不離萬物，也不住萬物。那麼，原來你是要挑選一條路，那你就只有一條路；現在你不拘泥於哪一條路，就無往不是路了。

老鷹四十而不惑——

十七世紀歐洲人初抵北美洲時，據估計，約有五十萬隻北美洲特有的bald eagle翱翔天際，以致後來牠成為美國國徽的代表。

一百多年前，美國政府在國人反對與咒罵聲中，從帝俄沙皇手中買下阿拉斯加廣大的土地，雖然大部分是冰凍荒原，不適合現代人居住，但金礦、石油、林業、漁業等無窮的資源卻令人始料未及，更是野生動物的天堂。阿拉斯加面積約占美國的五分之一，但人口卻只有六十萬，其中占最多的是原住民，包含愛斯基摩人、阿留申族與印第安人，在這裡生活了萬年以上，衣食住行全取自大自然，天人合一。他們的圖騰，很多都以bald eagle為主角，旅遊業興起後，當地建築物及紀念裝飾品等也很多都以bald eagle為創作主題，豐富奔騰的色彩和圖案，傳遞著鷹類獨特的精神。

我在阿拉斯加旅行時，在城市裡不斷看到形形色色靜止的bald eagle圖像，在野外又屢次親身和bald eagle相遇，雖然隔著段距離，牠那副「雖千萬人吾往矣」的睥睨萬物神情仍令人震撼。

隨著一次又一次的相遇，一個孤獨的少女影像從塵封已久的記憶中再度活化……。

那是「為賦新詞強說愁」的青春期，看到落花傷春逝，看到落葉便悲秋，一心想脫離俗世束縛，老鷹就是我最羨慕與崇拜的對象，無數次幻想：給我一個咒語，讓我變為老鷹吧，我就能展翅飛入雲霄，飛往世界的另一端，自由翱翔於另一個新世界。

偶然讀到《莊子・逍遙遊》：「北冥有魚，………。化而為鳥，其名為鵬。……水擊三千里，摶扶搖而上者九萬里……」更沉醉於化身為鵬，扶搖而上九萬里的想像空間。

大學時加入山地服務團擔任志工，培訓過程中，指導老師為我們這些不知天高地厚的大學新鮮人設計了各種心理測驗，引導大家深入認識自我、肯定自我，以便能自我成長，自我實現。其中有一次是以系列問題配合各種動物作答，再經由各自選擇的動物答案，剖析個性及人格。

聽了老師對我個性的剖析後，那一刻，我首度認真思索：老鷹到底是因為飛得高所以孤獨？還是因為孤獨所以不得不飛得高？是自大還是自卑？是自憐還是自傲？

隨著參與山地服務、漁村服務、育幼院服務等不同型態的社會服務後，年少桀驁不馴的心開始柔軟，學會接納世間的不完美，之前嚮往老鷹遠離人群的孤高個性，逐漸轉變成走入群眾的敦厚，老鷹這才慢慢飛離了我的內心世界。

於不惑的年紀來到阿拉斯加，bald eagle喚起了我對逝去的年少情懷的記憶，不過，步入中年的我已不再是憤世嫉俗的少女，只想腳踏實地走在泥土路上。

在一陣緬懷後，我把老鷹的影像輕輕放回記憶的收藏盒。

直到幾年之後，連續收到好幾位朋友寄來同一篇網路文章分享，再度打開我的老鷹記憶收藏盒。文中說老鷹是世界上壽命最長的鳥類，可活到七十歲，但要活那麼長的壽命，牠在四十歲時必須做出一個關鍵性的決定。

當老鷹活到四十歲時，鷹爪開始老化，無法有效攫取獵物；鷹喙變得又長又彎，幾乎碰到胸膛；翅膀因為羽毛又濃又厚而變得沉重，飛翔十分吃力。這時，牠只有兩種選擇：等死或經過一個十分痛苦的更新過程。

不想等死的老鷹必須獨自飛到山頂，在懸崖上築巢備糧。在一陣高聲嘯叫後，首先對著岩石敲掉老喙，然後靜候新鷹喙長出來，再用新鷹喙拔出老爪，當新爪長出後，接著用新喙和新爪把舊羽毛一根一根啄掉。五個月以後，新的羽毛長出來了，彷彿鳳凰浴火重生，老鷹繼續意氣風發的飛翔！

看完這篇網路文章，既感動又受震撼，每個人都應該學習老鷹，勇敢地面對自己的未來。

後來一位對鳥類略有研究的朋友告訴我，這可能是閃族語系的古老傳說，但鷹的種類很多，是哪一種鷹？傳說中沒提。而現代鳥類學者說，找不到四十歲老鷹蛻羽重生的證據。

不管故事是真是假，感動我的是象徵意涵，由於對未知的恐懼，人們多不願放棄舊有的一切，寧可選擇熟悉的痛苦苟活，也不願冒險嘗試經歷更多痛苦後可能帶來的轉變。

老鷹的故事強化了我探索生命潛能的動力，每當我面臨困難的抉擇時，它總是啟示我，讓我有勇氣走向另一條有別於慣性軌道的新旅程；讓我有信心只要忍耐短暫的傷痛後，便能如鷹重生，展翅翱翔……。

苦旅中看見陽光

在台灣過完農曆年後，和文河回到北京，三月下旬，獨自前往雲南森吉梅朵兒童慈善學校探望藏族小孩，然後走滇藏公路入藏，沒想到才抵達拉薩兩天，就接到家人緊急通知，父親二度腦出血入院，昏迷不醒。

那天從黃昏開始，我就在大昭寺裡隨僧侶誦經；向釋迦牟尼佛十二歲等身佛祈請；在寺中轉經道上不斷地轉呀轉；手中佛珠輕輕撥動，六字真言持續不停到睡夢中。

第二天離開拉薩，馬不停蹄趕路，接近午夜回到桃園機場，竟然託運的大背包遺失，折騰許久。隔天一早趕到醫院，走過全身上下滿布插管及被醫療儀器包圍的父親病床，居然沒認出他來。

學佛，讓我知道諸行無常，一切都是夢幻泡影、都是對修行的試煉，但理智上明瞭，境況現前還是感情勝過理智，我握住父親的手，情緒起伏，悲慟無法自己。

接著的一個多月裡，每天早上七點多，我提著大悲水（有時是紙尿褲、看護墊、濕紙巾等），從觀音山下疏洪道旁的家出發，穿越整個台北市區，前往位於新店大坪林的醫院，黃昏再循反方向回家，繼續母親、妻子的角色。

我搖身一變為朝九晚五的上班族（雖然妝扮不像），在捷運車廂裡，擠身於神情漠然、閉目養神或埋首捷運報的都會男女群眾中，閃躲不開地任各種香水脂粉味、言不及義的對談侵襲著。摩肩接踵的人群潮流往往促使我不得不也跟隨大家的腳步快速往前移動，還好，依恃著一點覺念，我的心不擁擠，猶能擁有一片如雲如風如水的自在。

有時我會想起在拉薩大昭寺八廓街轉經及幾次在藏地參加大型法會及節

日慶典的景況。四方同樣是被陌生的人群簇擁著，但氣氛全然不同，藏民身上散發著我熟悉的濃濃酥油茶味及牛羊騷味，臉上洋溢著純真、歡樂，空氣中瀰漫著平和、安詳。

西藏面積一百二十多萬平方公里，約三十幾個台灣大，人口卻只有二百多萬人，平均人口密度每平方公里二人；而台灣呢，依據二〇〇七上半年的統計，台灣人口密度每平方公里六三二人，臺北市則高達九六六五人。二人和九六六五人，相去何只千里？地理自然環境已然不同，遑論人心指向了。

在這一個多月中，每天從早到晚在醫院照顧父親，父親住的是健保四人房，鄰床病人來來去去，接觸過形形色色的病人、家屬及看護，還有數不清的醫院志工，我深深體會：病人遭受肉體的苦痛，而看似身體健康的其他人，則經歷著心靈的苦，人生八苦——生苦、老苦、病苦、死苦、愛別離苦、怨憎會苦、求不得苦、五蘊熾盛苦，每一種在醫院裡都經驗得到。

難怪佛陀初轉法輪開示四聖諦（苦、集、滅、道），第一諦就講「苦」的真諦，只有當我們了解了苦的內容後，才會去探討苦因何而成？也就是

「集」諦；進而再經由修行「道」諦脫離苦，最終煩惱除盡證得涅槃──「滅」諦。

對照醫院中病人身不由己的「苦」，想到自己和先生年過半百，還能自在享受騎越野車、登山、騎馬、滑雪的樂趣，只有說不盡的珍惜和感恩。

更慶幸自己這幾年學佛，雖然在修行道上我還只是個正在跌跌撞撞學走路的嬰兒，但已愈來愈能察覺人們痛苦的根源，來自於由無明所帶來的種種執取、欲望。佛陀在二千多年前就指引給眾生一條明確的道路，我只要抬頭挺胸一直走下去就對了。

也因為學佛，在醫院的所聞所見，都能以之印證佛法「諸行無常，諸法無我，有漏皆苦」；日日修行不淨觀、無常、苦諦、集諦；更清楚看到「我執」是如何地困擾著眾生的身與心，我只能反覆祈禱著──

願諸佛菩薩賜給我平靜，讓我接受我無法改變的事；
賜給我勇氣，讓我改變我能改變的事；
賜給我智慧，讓我了解其間的差異。

住院期間，父親一直沉睡著，醫生說他是「意識不清」，我不知道這是不是就是俗稱的「植物人」？我寧可認為父親只是太累了，想要好好的睡一覺，睡飽了他自然就會醒來。望著他的臉，除了那根鼻胃管，一點也看不出來他是病患。尤其是在抽完痰後，他的呼吸恢復平穩，神情安詳，臉色紅潤，更像是只是暫時熟睡，過會兒就會醒轉。偶爾嘴巴嚼動著，不斷嚥下口水，好像是在享用什麼好吃食物似的；有時皺緊眉頭，滿臉驚慌，又像是在做惡夢。我總是一手握住他的手，一手在他胸前輕撫，呼喚他一起誦念「南無觀世音菩薩」……。

有時，父親緊閉的雙眼，眼皮會不斷地眨呀眨，那副模樣就像是個裝睡的頑皮小孩正在偷窺周遭狀況，打不定主意要不要張開眼？讓我很想大聲喊：「阿爸，別再裝睡了，趕快醒來，咱們再來去農禪寺聽法師說故事。」

四十天後，父親病情趨於穩定，但仍昏睡不醒，因已不符健保住院規定，只得辦理出院，在申請外籍看護期間，先轉到一家私立醫院附設的「護理之家」。

轉院那天，我陪著父親坐上救護車，救護車一路刺耳響著，我握著父親的手，凝望著窗外，天空烏雲滿布，雲層沉重得彷彿隨時都會掉落凡間，和拉薩的天空相去千里，幾分淡淡落寞浮上心頭，隨即想起丹津・葩默在《心湖上的倒影》書中的一段話——

毘婆舍那的練習，帶領我們直接進入無分別的覺知。譬如，如果我們在陰天抬頭看天，通常會聯想到昏昧不清的念頭和情緒的雲層，不論它是白的、黑的或黑白之間的色調，我們很少和純淨覺知的廣闊藍天連結……，由於我們認知的是雲層而不是藍天，所以我們受苦。

是啊，就是因為只看到雲層所以我們受苦。心靈豁然一亮，我的眼光忽然有了穿透能力，越過厚厚地雲層，看到了藍天，看到了湛藍無垠、深邃的宇宙。陽光並未消失，是我凡夫的心蒙塵了而已，束縛的心於是獲得了自由……。

隨順因緣，得失皆自在——

從小生長在亞熱帶寶島，遇見下雪的機會少之又少，遑論滑雪了。直到幾年前，文河因工作重心移往北京，入境隨俗學會滑雪，並加入業餘滑雪隊，體會到雪上飛的樂趣後，他鼓勵我也學。笨鳥慢飛的我，在跟教練學會「制動剎車」和「安全地摔倒」後，終於上路了。但我其實喜歡「看」甚於「滑」，加上年紀過半百，對高速運動有點兒畏懼，所以都只在初級雪道玩兒。

二〇〇九年四月下旬，我們前往加拿大探望小兒子，先生約了北京滑雪隊友，提早出發前往「北美最佳滑雪度假勝地」惠斯勒（Whistler，二〇一〇年冬季奧運舉辦地），該地位於溫哥華以北約一二〇公里，從溫哥華前往，公路沿著English Bay，山光水色，遠方山頭白雪皚皚，風景如畫。

惠斯勒是座四季皆宜的美麗山中小城，建築全屬歐式，有「小瑞士」之稱，滑雪場主要由海拔近三千公尺的黑梳山和惠斯勒山組成。安頓好住宿後，出外熟悉環境，悠閒寬闊的步行街兩旁全是風味別具的餐廳、酒吧、飯店、露天咖啡座、服飾店、藝品店等。迎面而來好幾位拿著拐杖、坐輪椅、手或腳打石膏的年輕人，原來都是滑雪受傷的，看來要滑這個雪場，沒兩把刷子是通不過考驗的。

打聽雪況，方知因為白日氣溫回升，低雪道已有融化現象，有些甚至露出底部土礫層，只有海拔較高的中高級雪道不受影響。我以自知之明決定放棄。

這趟旅行安排許久才成行，如今到了雪場不滑，北京雪友大呼可惜，我卻想起聖嚴師父的開示：佛法講的是順從因緣、培養因緣、促成因緣，可是因緣成熟以後，還是要視其為無常。

計畫趕不上變化，無常這不就來了？隨順因緣，能伸能屈，就是最好的處理方式，也就不會自尋煩惱。

他們問我：「那你每天一個人要做什麼？」我在心裡笑出來，天地之大，不滑雪難道就無法過日子嗎？

「我可以看書、可以去山中健行啊！」

「看書？健行走路？連續四天不會無聊嗎？」

多次獨自旅行的經驗，我明白，旅途之中，無論快樂或痛苦、自在或煩惱，不是根源於遇到什麼樣的狀況，而是要看自己的心處在什麼樣的狀況。生命之中，這個道理也是相通的。

接連四天，所有人滑雪，我則早上健行，下午回旅館看書。小城被森林、湖泊與公園所環繞，健行小徑長短不一，規畫完整，憑著地圖就可以四處自在遊走，就算沒地圖，每個叉路口也都立有木牌指示。

有些路段因為白日太陽照射，積雪表層融化成水，再經夜晚降溫到零下，水又結成冰，滑不溜丟，比厚積雪還難走。這種冰雪踩踏的感覺完全不同於初雪的軟綿，但無論軟硬，同樣淡淡飄送著似有若無的馨香，在雪地裡待久了，全身上下兜滿清冷的雪香，連心靈都覺純淨幾分。

冬日走健行小徑的遊客沒幾人，我慢慢走著，孤單卻不覺得寂寞。走呀走呀，歲月的走馬燈也轉呀轉呀，轉回三十多年前……。

那年大一，隨登山社伙伴攀登台灣第二高峰雪山，滿心渴盼和生命中的第一場雪相遇。夜宿海拔三六九〇公尺木屋，半夜乍然醒轉，在漆黑中傾聽，細微的聲響穿透木板空隙，就像天地發出嘆息，在空氣中輕輕地迸裂開來。

天色微亮後，迫不急待衝出屋外，一幅如聖誕卡片般的圖畫在眼前鋪展開來，夜半演奏的雪歌妝點大地成銀色世界。走進雪地，初雪膨鬆，一經踩踏，像嬉鬧的頑童咯咯笑著擠成一團。而年少輕狂的我們，喧囂地又叫又跳，堆雪人，打雪仗，把個寧靜的山林空間打碎了滿地。

那喧囂的叫跳聲彷彿又在身後響起，回頭一看，只有兩行足印，靜靜地一路迤邐。

四天後，分道揚鑣，我們和兒子會合，自駕車從北往南遊覽洛磯山脈名聞遐邇的幾個高山國家公園，每日穿行在雪山懷抱，山光水色千姿百媚，不僅看山看得過癮極了，大大小小的山中湖也展現百變風貌，飄雪迷離的小湖倒影，引人沉醉；結冰漸融化的河面，波光流轉，閃爍著神祕氛圍；公路邊也不時出現「春江水暖鴨先知」——母鴨帶小鴨戲水的熱鬧畫面。

有些景點由於冬季積雪封鎖，尚未開放，只能錯身而過，初感遺憾，但轉念一想，頓然知足。若非冬季就看不到璀燦的雪地山川美景；就無法體驗精靈般雪花漫天飛舞的下雪盛況。

每個季節各有自己獨特的腳本演出，正因如此，春花、夏陽、秋楓、冬雪才能各領風騷。

要回台灣前，應北京雪友力邀參加一場餐敘，出席的全是移民溫哥華的大陸人，依性別就座，我一身休閒服坐在妝扮入時的太太桌，無論外表還是言談都凸顯出隔隔不入，禮貌性的交談幾句後，我就只是微笑靜觀。

這群中年婦女，除了一兩個話少些，其餘不停高談濶論媽媽經、移民經；炫耀自己的子女、生活和財富；抱怨一些芝麻小事；對事業忙碌、兩地遊走的另一半發出微詞……。她們明顯物質不匱乏，不必朝九晚五辛勤上班，但從言語神態之間，我卻可以感受到隱藏在她們內心的那一絲不安。

不禁想起台北大學楊蓓老師在《勇氣與自由》書中說的：「除非我的心是自由的，否則不管我的生活再怎麼自由，自己都不會是個自由的人。」

眼前這些喧譁不安的靈魂，或許，因為她們不懂得隨順因緣，所以無論得失皆不自在吧！

第三篇

夢幻泡影

等待百里煙雲／千年傳奇胡楊樹／沙漠飛雪

幾度夕陽紅／春花秋葉，法爾如是／手在哪裡心就在哪裡

浪花泡沫三十年／阿爸找阿彌陀佛之旅

等待百里煙雲——

年少初識中國山水畫，對畫中的空靈意境，讚歎之餘總懷疑是文人雅士自行想像創作的空間，現實世界應該不太可能有那樣詩畫般的景物吧，直到走過黃山，才明瞭自己是井底之蛙以管窺天。在黃山，俯拾皆是潑墨山水畫的仙境，我們俗人行走其間，也沾染靈氣，成為飄落凡間的仙人。

一九九〇年被聯合國教科文組織列為世界自然遺產和文化遺產的黃山，經科學測定，已有一億三千多萬年歷史，由於強烈的地殼運動和自然風化侵蝕，造就了獨特的峰林地形，七十多座數千公尺以上的峰巒峭壁，以蓮花峰、天都峰、光明頂三大主峰為中心向四周開展，形成劈地摩天，溝壑幽谷，伴以黃山四絕——奇松、巧石、雲海、溫泉，雄奇秀麗，氣象萬千。

明朝地理學家兼旅行家徐霞客遊罷黃山驚歎：「登黃山天下無山，觀止矣！」俗諺：「五岳歸來不看山，黃山歸來不看岳。」更有人形容黃山集結了「泰岱之雄偉，華山之峻險，衡岳之煙雲，匡廬之飛瀑，峨嵋之清秀，雁蕩之巧石」所有名山的特色。

這樣令人歎為觀止的天上人間，自然魅力無窮，旺季時，中外遊客摩肩擦踵，人山人海。為避開人潮，我們刻意選在雨季上山，一路上獨享了黃山的寧靜，只是雨無止盡地下，若非早有心理準備，還真會被雨攪得心慌意亂、心灰意冷呢！

黃山由於林木蒼鬱，峰高谷深，谷底日照時間短，水分不易蒸發，每當雨後初晴，谷底水氣凝結成雲霧，隨著穿行在山間的氣流升騰起伏，迴旋漫遊，便會形成連綿數百里的煙雲浪海奇景。

雨季遊黃山，我們寄望的就是「雨後初晴」那一刻，依照地圖先找到每一個標註有「景觀」的觀景點，然後就耐心等候，雨勢有時滂沱有時綿細，時間長了，雨衣擋不住雨勢的肆虐，陣陣濕寒從袖口、褲管往身體裡漫延，但為了一睹雨後初晴大塊山水自眼前浮現的壯闊波瀾，再深的寒意都微不足道，都化為熱切的期待。

在等待的過程中，我和文河偶爾會交談幾句，但大都靜默不語，兩人二十多年的默契，心照不宣，身處那樣如夢似幻的情境裡，言語是多餘的。

在等待的過程中，我們也會就近欣賞黃山松，黃山松已被大陸植物學家列為特殊品種，具有堅韌無比的生命力，樹的根部會分泌有機酸侵蝕堅硬的黃山花崗岩，等到岩石被融解出小小的一條細縫時，松樹根部便從裂隙中穿行而過，逐步擴大生長地盤，而且黃山松還能忍耐攝氏二十度以下的低溫，因此，無論再陡峭的崖壁，再寒冷的雪季，它都能自在伸展英姿。

雨勢漫無止盡中，視野所及只有幾十公尺範圍內的蒼翠林木和千姿百媚的奇松，再遠就是白茫茫的一片雨霧，雨珠打在樹葉、枝幹，落入大地、山谷，在我們周遭的天與地間，隨著風勢飄飛起舞，譜成視覺、聽覺的天籟。

等待有時須與有時漫長，兩人靜立雨中，或斜倚欄杆或端坐石椅，在雨中凝固，此時若有人路過看到，應該是一幅很美麗的停格畫面吧。

在我腦海中也有這樣一幅有關等待的美麗停格，多年前我們帶七歲和未滿四歲的兩個小孩登玉山，前一刻才在玉山風口陡坡因走不動哭得一把鼻涕一把眼淚的兄弟倆，登頂看到小鳥後立刻笑得比太陽還燦爛。為了就近瞧瞧那「又會爬山又會唱歌的小鳥」（老二的用語），兄弟倆躡手躡腳接近，然後坐在岩石上一動也不動地等待著，哥哥眨著眼睛說：「我是石頭。」彷彿對小鳥宣布，聲音中透著盈盈笑意。弟弟立刻學哥哥：「我是……」，歪著頭想了半天，才衝口而出：「我是樹木。」兩人對望一眼，爆開了笑，哥哥立刻驚覺地「噓——」。

我不知道，兄弟倆長大後是否會記得這一幕？但我永遠難忘，在台灣海拔最高的玉山頂上，兩個小男孩頭頂一方藍天，正襟危坐，認真地扮演石頭和樹木的角色，小鳥果然三三兩兩靠近他們身旁。

……。

等待久了必定會有收穫。終於雨停了，雨霧逐漸散開，屏息凝視山谷方向，雲湧造海，席捲群山，浩瀚萬頃的大幅潑墨山水，便在眼前浮現、流轉，看得我們目不轉睛，只能一再驚呼低歎，不知身在天上人間？

黃山一年有二百多個日子都在雲霧飄渺中，當下在我們眼前千變萬化的雲海，像是有個魔術師站在空中揮舞著仙女棒，底下翻滾的雲浪如驚濤駭浪拍擊著山壁，澎湃洶湧，瞬息萬變。

沒多久，雨又來了，我們在雨中趕緊移步到下個觀景點，再展開另一個等待，等待下一個百里煙雲。

黃山之旅，幾乎都在無窮盡的等待中度過，看似無奈又耗時，其實心境單純而寧謐，在等待過程中，匆忙的腳步慢了，浮躁的心沉澱了，靜觀萬物，生命有了更寬廣的餘裕，更多的圓融觀照，更多的淨化昇華……。

回來後，隔了一、兩年，有位朋友也從黃山歸來，他沾沾自喜遊黃山兩天都是晴空萬里，我看了他拍的照片後，有點迷惑，中國難不成有兩個黃山？他去的黃山和我們去的黃山是同一個嗎？為什麼拍出來的感覺有如天壤之別？豔陽高照下的黃山全無我記憶中空靈飄渺的神韻，是黃山改變了嗎？

百里煙雲和晴空萬里，顯然是魚與熊掌，無法兼得。

千年傳奇胡楊樹

巴丹吉林沙漠位於內蒙古阿拉善高原西部，面積四萬四千平方公里，是中國第三大、世界第四大沙漠。黃昏時抵達緊鄰沙漠的額濟納，這是一個綠洲小城，由黑水、白水匯聚而成的額濟納河從城中蜿蜒而過，我們沿著八道橋、七道橋、六道橋……進城，這是以額濟納河上的八座橋為名劃分的，每座橋附近的河岸沙地，都生長著大片胡楊林，其中二道橋是攝影天堂，臨河一大片胡楊樹燦黃閃爍，在落日餘暉中靜靜釋放著夢幻般的斑斕。

胡楊屬於中型落葉喬木，高十到三十公尺，額濟納的胡楊林據官方統計約有四十多萬畝，雖已不及一九六〇年代的一半，但仍是壯濶，是世界上僅存的三大原始胡楊樹林之一。由於能頑強地生存繁衍於沙漠之中，素有「沙漠綠洲衛士」、「沙漠英雄樹」的美譽，它也是最古老的一種楊樹，在六千萬年前就開始在地球上生存，耐旱、耐寒、耐鹽、抗風沙，又可以蓄水，死後成為柴火來源。沙漠居民對它又敬又愛，千年傳說代代流傳——胡楊千年不死，死了千年不倒，倒了千年不腐朽。

而最奇特之處是會隨著發育階段而變化的葉片，生長在幼樹或嫩枝上的葉片狹長如柳，大樹或老枝上的葉片卻變成卵形或腎形，如楊樹葉，有時邊緣很多缺口，有點像楓葉，因此胡楊樹又有「變葉楊」、「異葉楊」之稱。

我第一回在同一棵樹的上下樹冠層，看到三種形狀各異的樹葉（楓葉、楊葉、柳葉）同時存在時，還以為自己眼花了，睜大眼再仔細看，千真萬確，三種樹葉並存，驚歎之餘，反覆思索造物者的用心。

胡楊樹的樹幹粗糙，葉型寬闊，其實並不符合沙漠植物葉子收縮成針狀以防止水分流失的特性，但胡楊樹生命力特別頑強。在一份綠化蒙古的報告書上記載著，每年只要給胡楊林澆一次水，胡楊樹就能存活。

為什麼胡楊樹的生命力會這麼強韌呢？原來即使是在乾旱的沙漠地帶，胡楊樹也可將根紮進地下十多公尺，汲取地下水。有人研究胡楊樹的根到底能深入到什麼地步？據說根和樹幹的比例是二十比一，露出地表看得到的部分只是冰山一角。

在額濟納附近沙漠中遺留有許多歷史古城遺址，當曾經叱吒風雲的古城均已傾圮，原址周遭依舊殘留著胡楊樹，為前來憑弔的旅客訴說歷史滄桑，這一大片枯胡楊林，遠看萬分悲壯，但靠近一看，新生的胡楊樹苗從上一代的殘骸中挺出新芽，綠成新的風景，死亡是另一個輪廻的開始，胡楊再度展開另一個循環，鋪陳另一個千年不死，死了千年不倒，倒了千年不朽的傳奇。

世上真的沒有一種植物能和胡楊相比，沒有一種植物能在一片貧瘠的沙地裡堅持那麼久。從合抱粗的老樹到不及盈握的幼樹，每一株都在與命運抗爭，而點染枝梢的每一抹綠色，都宣告著胡楊的勝利。

只是，誰想得到，這種勝利也是短暫、持續不久的呢！

第一天抵達時看到的胡楊林，正逢璀璨的金秋青春，第三天再前往同片樹林，卻驚異發現：是風動？樹動？心動？只覺每一棵胡楊樹的葉片都在往下墜落，我在林中經行，然後靜立著，闔眼傾聽，終於聽清楚了，那颯颯、簌簌的聲音是樹葉往下落時互相碰觸的聲響，不同的葉片碰觸，發出不同的曲調，形成一首天籟。

隨著紛飛的落葉，我的身心也跟著輕盈起來，不禁忘我地打起太極拳，柔似水、虛成雲成霧，「太極陰陽，有柔有剛，剛中寓柔，柔中寓剛，剛柔相濟，運化無方……」，「易有太極，是生兩儀。兩儀生四象，四象生八卦……」，身形轉圜、來去自如中，落葉紛飛得更高更遠了。

打完一輪，四周胡楊樹依然是黃葉夾雜一兩片綠葉，未止息地往下飄落。夏季的胡楊樹樹冠圓簇，綠雲翻滾；秋天時，一夜寒露驟然染黃樹葉，變成金黃燦爛；寒風乍起，滿樹金黃又落成滿地枯葉。

沒有一刻是永恆的，最美的金秋更是稍縱即逝，胡楊樹可能體悟到這一點了吧，看那一片片落葉，沒有眷戀，時候到了就自己撒手飄落，沒有不甘願地掙扎，只有感恩自己曾經是這棵樹生命的一部分，如今完成了這一世的使命，輕輕地、溫柔地從樹梢飄下，一路向相伴走過四季的友伴說再見。

不過兩天時光，一場從璀璨到靜寂的戲碼就在眼前上演，示現諸法無常，不禁思及，當今生大限來臨時，自己是否也能了無遺憾，自在地走向另一段旅程？

沙漠飛雪

離開綠洲南行，進入巴丹吉林沙漠邊緣，這裡是昔日中原通往漠北居延古道的必經重地，散落著許多二千多年前的古城遺跡，但因為自然及人為的因素，損壞嚴重。二十世紀初，俄國探險家於此進行最初的挖掘後，一時之間，各國的文物盜劫者蜂擁而來，古城遺跡更是被破壞得無以復加。

「黑城」及「綠城」是為觀光旅遊而重新修復的兩座古城。黑城，傳說古時候駐紮該城的軍隊，有位皮膚粗黑，身著黑盔甲及黑靴的將軍，在他英勇帶領下，邊界平安無事，百姓尊稱他為「黑將軍」，該城也稱為「黑城」。「綠城」則是因用以修建廟宇的綠色琉璃瓦會在陽光下閃爍發光而得名。

另外在偶然中看到一份資料，提及在黑城與綠城附近還有一座未曾整修的「紅城」，心中好奇稱為「紅」的緣由，決定一探究竟。

在沒有指標的荒漠中要找尋一個古城遺址，其實並不太難，正如同詩人王維吟唱「大漠孤煙直，長河落日圓」的廣袤，在一望無際中極目四望，很容易便可看到前方的突出物。我們不太費力便來到一座位於土丘上，殘破不堪的古城遺跡，繞行一周，依然無法分辨是否就是「紅城」。

停好車，輕手輕腳登上古城牆，雖然高處城樓都已傾毀，到處只剩支離破碎的黃土堆積，但地基還相當穩固，約略可拼湊出昔日城池的大致模樣。登高望遠，只見四周莽莽黃沙，少了水的潤澤，生命便無法落地生根，這裡應是經年累月人跡罕至，連飛鳥也無。

在一片荒蕪中，蕭瑟的冷風呼嘯穿越，嘗試著想像二千多年前這裡曾經有過的人文景況，卻只覺拼圖零散一地，無論它曾經多麼繁榮，也都成了過眼雲煙。啊！這不也是一場成住壞空！

才想到成住壞空，無常隨即來報到。

離開古城遺跡後，文河一時興起，未跟隨地上的車輪痕跡行進，自行在大漠裡試圖開出另一條路來，就這樣，一個不慎，四輪傳動車的前車輪陷入沙中，兩人趕緊取出車上工具，但因經驗不足，用盡方法，只見車輪愈陷愈深，整個輪子幾乎都要被沙所吞噬了。

原本就陰沉的天氣，就在這時突然風起雲湧，四周飛沙走石，天昏地暗，迷離的感覺猶如夢中。

想打電話找救援車來，手機一點訊號也無，正猶豫著是否要徒步走回二十多公里外的人煙處求援，文河建議爬上附近比較高的沙丘頂試看看，說不定就有訊號了。

於是就近挑了個比較高大的沙丘，開始往上爬，一點也不誇張，真的是名符其實的「爬」，沙丘遠看像座小山般堅挺，一腳踩上去才知道滑不溜丟，手腳並用往上爬，卻是向上一尺後退半尺，愈用力，地心引力就愈使身體往下掉，心愈急就愈慢，俗話說「欲速則不達」，真是至理名言。於是，放緩身心，輕輕提起輕輕踩下，這才慢慢的往上移動了。

費了九牛二虎之力，終於爬上沙丘頂，果然出現手機訊號，趕緊打給前日搭我們便車的一位當地人，當時從外地要返鄉的他，錯過早晨唯一的一班巴士，攔便車搭上我們的車後，在三百多公里的行程中，相談甚歡，下車時，他留下手機號碼，告訴我們這幾天有任何需要都可找他，他一定盡地主之誼幫忙。

善有善報，因果當真是不假啊！

打完求救電話，不急著下沙丘，就站在沙丘頂欣賞風景，放眼放去，一望無垠的荒漠裡，只有大小不一的沙丘波浪般起伏，曠野蒼茫，暮風呼呼，好像到了外太空。

手機忽然響了，本以為是救援車找不到我們位置打來詢問，結果是小兒子從加拿大打電話來祝賀爸媽中秋節快樂，旅途中我們都忘了今天是農曆中秋呢，驚喜萬分，平常我很不喜歡現代科技對生活的干擾，此刻卻不得不讚歎它的無遠弗屆。兒子身在洛磯山脈旁、皓月當空的寧靜小城；我們身在飛砂撲打、寒風刺骨的荒涼沙漠，親情的溫馨卻越過高山、越過大海、越過沙漠，綿綿密密翻湧而來。

就在救援車抵達時，吃驚地發現，隨風揚起落在身上的不再是細砂，而是細細小小的雪花，白色的小精靈漫天飄舞，落入沙丘便消失得無影無蹤，只有伸出手掌向空中，托住白色的小精靈，才能確認：真的下雪了。

我喜歡雪，沙漠飛雪引我想起大學時期登山遇雪的經驗——

十八歲那年，登雪山等待生命中第一場初雪，夜宿山屋，一首雪歌於夜半時分靜靜演奏，晨起，一幅銀色雪景驚心動魄地鋪展在眼前。

隔年，在合歡北峰草坡上首遇飛雪，雪花無聲無息天羅地網般撒下，一往情深地落入大地胸懷，我默立於飛雪中，敞臂向天空，心田深處有一股深沉、透明的快樂緩緩流動著。

也遇過深及膝的積雪，每一步都是一種掙扎，糾纏著大地的心跳，雙腳凍得幾乎無知覺，額頭卻因出力微冒著汗珠。

在雪的國度裡，所有的醜陋都被冰凍，天地間變得雪白透明，人心也更接近純淨。

事隔三十年，雪的喜悅恍如昨日……。

一陣歡呼聲把我拉回現實，車子已經成功拖出來了，再仔細尋找四周雪的蹤影，咦，雪花哪兒去了？是雪停了還是剛剛是在做夢？我問了來救援的年輕人，他指指車頂教我看，沒錯，剛剛真的有下雪，只是也太短暫了點。

等我們上了車往綠洲開，天氣又突然一變，陽光衝破烏雲，重新灑滿荒漠，高低不同的沙丘也隨之反射出奇妙的光影來！

幾度夕陽紅

初春三月，北京溫度變化無常，白日從個位數到二十度都出現過，夜間還曾降到接近零度。有時，走在陽光下，豔陽曬得人一件一件褪去寒裘，直以為春神來了，隔天氣候卻又驟降，若加上颼強風，刺骨的寒意，又彷彿還在嚴冬。

這天，溫度十來度，微風，萬里無雲，陽光輕灑，搭地鐵來到天安門西站，我決定沿著長安南街、長安北街，安步當車散步到景山公園，一路享受暖烘烘的陽光為肌膚按摩。

長安南北街街道不寬，西側是門禁森嚴的中、南海（中國國務院所在），東側前段是天安門外圍的民房，後段則傍著紫禁城的護城河，街道兩旁樹木枝椏光禿肆展，在燦爛的陽光下仍顯蕭瑟，近看才發現有些已冒出了小嫩芽，悄悄傳遞著春天腳步近了的訊息。

景山公園位於紫禁城神武門對面，雖然只是個四十多公尺高的小山丘，卻是俯視縱覽紫禁城的最佳地點。明、清時代，景山位居北京城中心，是全城的最高點，史料記載，元朝時，此處只是一個小山丘，明永樂年間，朝廷修建北京城，將拆除下來的元朝宮殿渣土及挖掘紫禁城護城河的泥土，全堆在丘上，增添高度，稱為「萬歲山」。到了清朝，改名為「景山」，為清代皇帝家祭之地。山上建有五座琉璃飛簷的亭子，供奉五方佛銅像，其中，寶生佛、阿閦佛、阿彌陀佛、不空成就佛，於一九〇〇年被八國聯軍劫走，唯獨位居山頂萬春亭中的毗盧支那佛僥倖逃過劫難，只被砍傷，但卻毀於文化大革命紅衛兵之手，直到一九九九年才重鑄。

登臨最高處，往南邊望去，紫禁城（故宮）雄偉壯麗，殿宇嵯峨，琉璃熠熠生輝，這是世界上規模最大、保存最完整的木結構宮殿建築群，明、清兩代先後有二十四個皇帝住過，歷史長河緩緩流過，多少輝煌，富貴繁華，名利權勢，到頭來只落得灰飛煙滅。

圍繞紫禁城周圍的是現代化的摩天大樓，距離雖遠，仍可以感覺到所有的喧囂都在太陽下閃動著，虎視眈眈欲伺機啃蝕這片封建制度下的最後遺跡，幸而數百年的歲月早已在這歷史遺跡上鋪陳了厚重的情感分量，即使繁華已逝，紫禁城依然如故，以自個兒的節奏與流速，帶著不變的沉穩和矜持，不疾不徐地走過幾世紀以來的紛擾。

從景山公園俯看紫禁城是我的最愛，可惜我不會唱戲曲，否則很想站在公園最高處，對著紫禁城與圍繞在它周圍的摩天大樓，唱一曲清代戲曲家孔尚任所作《桃花扇》中的一段詞：「俺曾見金陵玉殿鶯啼曉，秦淮水榭花開早，誰知道容易冰消。眼看他起高樓，眼看他宴賓客，眼看他樓塌了。這青苔碧瓦堆，俺曾睡風流覺，將五十年興亡看飽……，放悲聲，唱到老。」

是啊，眼看他起高樓，眼看他宴賓客，眼看他樓塌了。再堅固的建築，也是無法長長久久存在的啊！

前兩天，為了到西藏旅遊局駐北京辦事處查詢台灣人入藏規定，從「鼓樓大街」地鐵站下車，走舊鼓樓大街前往西藏旅遊局所在的鼓樓西大街，發現為了迎接「二〇〇八北京奧運」的來臨，那一帶的老胡同區正在進行部分拆建，整頓市容。

走進胡同區就好像走進時光隧道。北京的胡同起源於元代，不僅是交通脈絡，也是北京老百姓生活的場所，蘊含著濃郁的老北京文化氣息。一般都是東西走向，相當窄，以走人為主，兩旁大都是舊四合院。

辦完事情，再度走過胡同區，繼續往前走，一到德勝門附近，景觀轉為現代化的摩登大樓，路上車水馬龍。不過幾百公尺的空間距離，時間上卻宛如相差了數十年。

這就是北京，在這裡，可以看到最現代化的面貌，也可以看到舊社會殘敗髒亂的面貌；有高所得揮霍的富人，有一般的市井小民，更有吃不飽穿不暖自外鄉來掙幾文錢的鄉下窮人；會遇到有禮貌的文明人，也會遇到隨地吐痰很沒水準的鄙人。因此，在北京生活需要擁有寬廣的胸襟和無盡的愛心，才能自在從容地去包容一切的圓滿與缺陷；擁抱所有的美麗與醜陋。

這就是北京，曾是中國歷史上最後五代封建王朝（遼、金、元、明、清）的都城，今日又貴為中國首都，遊走北京城，很容易讓人興起想要吟唱《三國演義》開卷詩的衝動——

「滾滾長江東逝水，浪花淘盡英雄。是非成敗轉頭空，青山依舊在，幾度夕陽紅。白髮魚樵江渚上，慣看秋月春風。一壺濁酒喜相逢，古今多少事，都付笑談中。」

下山時，走景山公園東側，這兒有棵老槐樹，相傳是明崇禎皇帝自縊處，當李自成率清軍攻陷北京城時，大臣各自逃命，無人護帝，一國之君喝悶酒，寫遺書，十七年為帝，大明王朝在自己手中終結，無言以對，更無顏見祖先，所以散髮覆面，在老槐樹自縊而亡。老槐樹還冤枉被人安上「罪槐」的名稱呢。

每回走過老槐樹，我都會暫停腳步，注視著老槐樹一會兒，昔年崇禎皇帝在樹下要自我了結生命的那一刻，不知心中在想些什麼？他會感嘆當皇帝還不如當尋常百姓，生而為人還不如生而為樹嗎？他會覺悟，無論今生累積多少名利、權勢、地位，終將化為烏有嗎？

鏡花水月，一切畢竟總成空。

春花秋葉，法爾如是

六、七年前，文河有一回與北京同事出遊塞外「豐寧壩上」❶，因緣夜宿二道河村「李老師農家院」，男主人李老師任教當地小學，溫文靦腆，女主人傅霞活潑健談，夫妻倆待客真誠，不拘小節，文河和他們一見如故。在獲知文河喜愛各種運動後，傅霞引介住在鄰村的姐夫老呂，老呂黝黑瘦高，是土生土長的牧民，從小騎馬翻山越嶺放羊，對附近山脈地形如數家珍，騎術及馴馬術都一流，文河在他引導下初嘗騎馬，後來數度前往學習，和李老師一家人及老呂成為好友。

當我初次隨文河前往豐寧時，他已能隨心所欲駕馭馬兒，騎馬成為一種享受，但對我而言，才是痛苦的起端。壩上草馬塊頭大，個兒矮小的我光坐上馬鞍，眼看身子距離地面如高樓拔起，心中便充滿忐忑不安，待馬兒開步走，上下左右一搖晃，更是緊張得使勁握緊馬鞍前方鐵環，頻頻驚呼幫我拉韁繩控制馬行進方向的老呂：「慢一點！慢一點！」而老呂總是裂開大嘴憨厚笑著，再用他那北方人特殊的腔調回答：「沒事兒！沒事兒！」，然後速度不減，繼續前進，我的痛苦也就持續發酵。

初始幾次，文河的同事一起同行，為了安全，住李老師隔壁的村長帶著讀小學的兒子也來護騎，在他們眼裡，我們這些都市佬應該笨拙得很吧，不僅騎術差，還老提出一些令他們傷腦筋的問題：「這手和腳要如何配合啊？」「身體要隨馬左右搖晃還是上下擺動？」「要如何才能讓馬聽我的話？」「要怎樣才能騎得跟你們一樣好？」……，害他們總是皺眉搔頭想半天，然後答案一律是：「多騎幾回，多騎幾回，就行了。」

當文河的同事紛紛打退堂鼓後，我懷抱著夫妻倆比翼而騎、策馬入林的浪漫夢想，繼續堅持著，並自作聰明，把禪修的原則搬來套用，不過還真誤打誤撞用對了，「身心放鬆，放鬆，愈放鬆就愈輕鬆」；「想那麼多做啥？別想過去別想未來，把念頭放在當下這一刻」；「屁股痛？腿痠腰痠？隨它去吧！」；「誰在騎馬？騎馬的是誰？」……，就這樣一路自己摸索琢磨著學習。

熟能生巧，逐漸體會到奧妙所在，後來固定騎老呂新買的一匹除役軍馬，擅跑又聽話，人馬之間逐漸陪養出默契，我的騎術這才突飛猛進，終於能和文河及老呂並駕齊驅，翻山越嶺、快意奔馳了！

當我可以自由駕馭馬兒，無論小跑、飛奔都自如後，回頭讀聖嚴師父著作《動靜皆自在》，讀到「禪宗的安心層次」章節，忍不住拍案叫絕。師父開示禪修的層次，將收心、攝心到放心的修行過程，也就是從散心、專心、統一心到無心的過程，用人騎馬來做譬喻，我以自己學騎的經驗對照，頓然一清二楚，明明白白，不禁對師父佩服得五體投地，師父騎過馬嗎？那唯妙唯肖的譬喻宛如是騎術高手，這應當也是「一門通，門門通」的另番詮釋吧！

師父說第一階段「散心修」，騎馬時知道有馬，知道馬不好騎，因為那是一匹未經訓練的馬，這馬就指我們充滿雜念妄想的心，一刻不停，不受控制。逐漸地，進入第二階段的「專心修」，騎馬時知道有馬，但馬已能聽從自己的指揮，這表示心已比較安定，表示已能夠照顧好自己的心。第三階段「統一心修」，騎馬時不再感覺有馬，就像最好的騎士騎在馬上快跑，人已忘了馬，馬也忘了人，而到達人馬一體的境界。最高階段是「無心修」，這時不覺得有馬也不覺得有人，亦即不執著心裡的安定或不安定，但這並不等於什麼事都不做，什麼事都不管了，而是生活即道場，會活得更平和更有愛心。

對照師父所說，我目前騎術在二、三階段間，第三階段的體會都發生在快跑時，通常在廣濶平坦的草原上，前方沒有遮擋，不用擔心上下坡或溝渠坑洞，因此可以不斷加速，當速度飆到臨界點時，自然而然人馬合一，雖是逆風前進，卻像一片葉子似地輕盈穿梭，每回都錯覺自己長出翅膀，就要飛上青天去了。

體會到騎馬的樂趣後，最近幾年，每年至少走訪壩上兩回，春夏賞野花，秋季賞金黃白樺樹林。

去年暑假因為接連招待大學同學及親朋好友前往，每隔一週就到壩上，赫然發現有些花種輪番更迭，上週才當主角、開得喧囂，隔週便告別舞台，徒留枯萎身影。請教老呂，老呂說：「就是嘛，這野花兒花期短，主要的幾種都只長一、兩週，一種一種輪流著開。」

感受到物種生命的奇妙，我不禁虔敬地在花地毯似的地面跪伏下來，匍匐湊近形形色色的花兒，閱讀他們的千姿百態，聆聽他們搖曳的身影正在傳遞什麼訊息。往上仰望，天藍雲清，側頭望去，綠草如茵，野花高高低低往空中伸展。而點綴在漫山遍野草原花海間，綠意盎然、枝葉茂密的白樺樹林，這會兒陽光穿過層層疊疊的枝葉，灑下燦亮斑斕的光影，一棵棵斑駁的白樹幹好似頂著閃亮光影的綠傘翩然而舞，當下這光景已美得讓人讚歎，但我知道，白樺林最金黃燦爛、最令人陶醉的生命樂章只在秋季演奏，抑揚頓挫，淋漓盡致。到了冬季，草坡轉為蒼茫，白樺樹落葉凋零，只餘枯枝嶙峋，等到雪花飛飄時，瞬間又成銀白的玉樹瓊花。

花開花謝，葉綠葉黃葉落，都是四時變化的一環，生長在台灣，季節不明顯，到了北國，四季分明，看多了春夏秋冬變化，自然而然明白天道運行及萬物生長都搭配四時運轉，再自然不過，何需多言？正如莊子說：「天地有大美而不言，四時有明法而不議，萬物有成理而不說。」孔子也說：「四時行焉，百物生焉，天何言哉！」

花謝了明年會再開，葉落了來春會再長，一切如實運行。我們會心生歡喜或慨嘆，是因為我們執著於美景，不肯面對、接受美景的殞落，其實這些變化都是無常，世上沒有任何一個事物是永恆不變的，連我們的心也是瞬息萬變，昨日悲傷，今日快樂，感到悲傷和快樂的都是自己的同一顆心，這也是無常啊！

從花海中站起來，一身拈花惹草，「百花叢裡過，片葉不沾身」的意境，我這凡夫眼前還做不到，幸而還有一點自我察覺，於是，輕輕將花草撥落，還諸大地……。

註❶：壩上是地理名詞，屬於內蒙古草原，由於在華北平原和內蒙古高原交界處陡然升高，故稱「壩上」，平均海拔一五〇〇至二一〇〇公尺。「豐寧壩上」指河北省豐寧滿族自治縣西北部，屬於清朝皇帝獵場範圍。

手在哪裡心就在哪裡

八八水災發生後，面對災難，思索自己所能做的，就是捐款加出力。聖嚴師父說：「急須要做，正要人做的事，我來吧！」在災難發生的當下，責難、批評、忿恨、哀傷……，都遠不如投入救災行動來得實際又迫切。於是，南下高雄紫雲寺，響應法鼓山針對八八水災第一階段的「清理家園救援行動」。

國光號馳騁在高速公路上，車內電視播放著八八水災的種種災情，一個老農哭訴著，全家十多口人全遭土石流掩埋，只有外出巡視田地的他逃過一劫。世間最哀慟的莫過於妻離子散、天人永隔，讓人為之鼻酸。不忍再看，把眼光移向晴空萬里的窗外，翠綠田園，一片祥和，是全然不同的另個世界，讓人有點恍惚，何者為真？何者為幻？

這些年學佛，明白每個人今生所遭遇的一切都非偶然，無論是快樂、痛苦，順利、挫折，都根源於無始以來自己所種下的因，其來有自，「欲知前世因，今生受者是；欲知來世果，今生作者是」，但眼前當下是絕對不能對災民說這些話的，殘忍毫無慈悲心。只是內心深處真的很希望他們能明白這些道理，或許能較快揮別災難陰霾，走出痛苦的深淵。

向紫雲寺報到後，每日早晨六點二十分於寺前廣場集合，隨機編隊，我被派往高雄旗山兩天及屏東林邊一天。出發前法師開示，叮嚀安全第一，並再三提醒大家清掃家園要用方法：「手在哪裡，心就在哪裡；動作到哪裡，心就到哪裡。那麼再累再髒，也不會起煩惱。」

「手在哪裡，心就在哪裡；動作到哪裡，心就到哪裡。」這幾句話真是至理名言啊，無論何時何地，只要能秉持著一顆禪心，隨時保持正念，念念分明，那就無論是吃飯、喝水、如廁，還是救災，都是禪修的好時機！

水災發生已過一週，但林邊和旗山仍有積水未退，水災所帶來的大量淤泥垃圾，經連日高溫曝曬，不僅發臭而且蚊蠅開始滋生，尤其林邊，魚屍散布，走到哪裡空氣中都瀰漫著一股屍臭味。

進入災區，看到四處都是來自全台各地，自願參與清理環境的義工們，不為名利，不分宗教信仰，不分男女老幼，頂著烈日，迎向惡臭，認真刷洗，實在令人為台灣人民的善良感動無比。

我們依照分配到的任務，分組持著各式工具進入民宅，牆壁上殘留著水淹一樓的痕跡，觸目所及到處都是污泥。我們先挖、剷、搬除地面近一尺厚的污泥；接著以水管沖刷沾粘壁上高處的污泥；然後便是洗洗刷刷，刷刷洗洗，從牆面、門窗、地面到家具一步步來。

有些污垢頑強得很，用水沖過、用刷子刷過，依然殘留一塊塊的斑點，必須再以粗菜瓜布用力磨擦才能去除。於是我手持菜瓜布，逐一擦拭著斑點污漬，心隨著手施力的方向上下左右來回移動，折騰一陣子，污漬終於被消除，恢復乾淨。

我退後一步，審視著眼前自己努力的成果，正在高興，心中忽然一動，這些頑強的污垢不正像凡夫自無始輪迴以來所累積的壞習氣嗎？在修行過程中，我們不斷運用各種方法以消除無明、消除貪瞋癡慢疑等種種惡習，也是無法一次就達到目的，必須一而再，再而三，自我覺察，努力精進，毫不鬆懈，才能消除殆盡，讓被蒙塵的純淨本心逐漸顯現。

旗山位於楠梓仙溪旁，沿著溪畔走，很難想像看來平靜如小河的溪床，在一星期前竟然洪流滾滾，潰堤二百多公尺，泥沙全湧進民家。災民說，前年淹到膝蓋，去年淹到腰胸，今年就淹到一層樓高了。啊，我聽了心中暗暗一驚，如果這次災難過後，依然未能找出癥結，對症下藥，那麼明年他們該怎麼辦呢？

每天下午旗山一帶均下起滂沱大雨，由於排水溝被污泥堵塞，還未清理完畢，排山倒海似的雨水無處宣洩，不一會便溢滿馬路，順勢流進店面，剛開始義工分散在屋內，手持各種工具和水對抗，想擋住一波波往內流竄的雨水，但實在抵擋不了，只能眼睜睜看著洶湧的水流長驅直入，淹進內屋。

我站在水中，無奈地看著滾滾黃水在屋內流竄，平日供佛，小心翼翼地拿著裝好淨水的水杯，放到佛前，敬杯中水如佛，可眼前這水撒野直搗民家，實在教人有點惱怒。

不過對水生氣好像也不應該，水的本性是清澈純淨的，地球上的生命最初出現在水中，人類體內水的含量占了百分之七十，水對生命的延續是個大功臣呢。只不過水能載舟，也能覆舟；洪水來一片泥濘，洪水退我們用水清洗泥濘；灌溉田園用水，淹沒田園的也是水。髒水、淨水，溪水、洪水，熱水、冷水，汗水、口水……，啊，光一個「水」，不也完全體現了諸行無常，諸法無我的真理？

浪花泡沫三十年

澎湖群島由海底火山爆發的熔岩冷卻而形成，大大小小共六十四（另說九十）座，如珍珠般散落於台灣海峽。一九八〇年，文河於澎湖服役，我多次前往探望，兩人足跡幾乎踏遍馬公本島，也走訪過數個小島，那純樸民風、藍天碧海、波光耀金，為熾熱戀情的青春譜奏出動人的樂章。

五月中旬，文河公司舉辦員工眷屬澎湖旅遊，我們偕手舊地重遊。搭機抵達馬公後，立刻轉往碼頭搭船，前往吉貝島體驗水上活動，諸如水上摩托車、香蕉船等我們都沒興趣，倒是由於澎湖海水清澈，是海洋生物天堂，只想嘗試浮潛，瀏覽海底景致。

穿上防寒潛水衣加背心式救生衣後，我倆和十多個年輕人共乘快艇到遠離岸邊的海面，船東發給每人一個不帶呼吸管的蛙鏡，簡略說明注意事項，嚴格規定只能在以浮標繩索包圍成的海域內浮潛，不准越界，以策安全。

每個人戴好蛙鏡，紛紛下海，文河也划動雙臂，如鮫魚般游到前方去了，只剩下我一人靠著船沿，還在努力自我調適。

理智明白身上穿著救生衣，無論如何都不會下沉，但童年曾溺過水，情緒上的恐懼感隨著身體接觸海水，馬上浮現，將我團團包圍。

我眼觀鼻，鼻觀心，吸氣吐氣，吸氣吐氣……，沉澱害怕的心情，一邊抬頭看看海濶天空，回想佛學老師說的：「『我』只是五蘊組合下的顯相，顯而空性，根本沒有自性存在。」那麼，當下在害怕的那個「我」到底是誰呢？是誰在害怕呢？

十多年前在愛琴海被朋友半哄半騙初次下海浮潛，最終發現也沒想像中可怕，那璀燦的海底美景令人著迷的程度遠勝過恐懼的指數。如今，愛琴海換成台灣海峽，又有什麼好害怕的？頂多嗆到，喝幾口海水罷了。

心理建設中，文河正好回頭看到我還沒下海，出聲鼓勵並往回游。這時我緊繃的心已稍微放鬆，扶著浮標繩索緩慢離開船沿，張口（鼻子被蛙鏡套住避免吸到水）深吸一大口氣，鼓足勇氣整個人探入海裡。

剎那，有如穿過時光隧道，眼前出現另一個世界，珊瑚搖曳，各式各樣不知名的魚兒婆娑輕舞，悠游自在，令人歡喜得忘記害怕，直到胸腔氣悶，才將頭探出海面，重新吸一大口氣，再次下探。一上一下重複幾回合後，已能適應。

克服、超越自己情緒的感覺真好，好像又年輕了許多歲。

其實，由於體能維持不錯，單車、滑雪、騎馬樣樣來，平日我就常忘記自己的年齡，不照鏡子時，總以為自己還是青春年少，只有在被年輕人叫「阿姨」以及在和鏡子相遇的瞬間，才會認清自己其實已過半百，臉上皺紋及白髮清楚反映出歲月走過的痕跡。

五十五歲，是不年輕了，但又怎樣呢？

十多年前還在中日化妝品公司工作，常需陪伴模特兒拍攝商品宣傳廣告，有回和一位剛滿十八歲的模特兒閒聊，她問起我的歲數，我回答：「不多不少，你的兩倍。」她脫口而出：「好老喔！」

十八歲，正如一朵含苞待放的嬌豔花朵，三十六歲在冰肌玉膚、容顏美麗的她眼中已算「老」，那麼半百算什麼？百歲老嫗又待如何？

那時還未學佛，不了解佛法有所謂的「成、住、壞、空」，但就是明白再盛開的花朵也會凋謝；再美麗的容顏也會衰老；再多的榮華富貴最終也會化為塵土。因此，年輕時的我不會迷惑於外在事物，不會盲目追逐感官享受。即使和眾多年輕貌美者共事，也是把持「青春自在心中」的信念，自在地過日子。

我的活水源頭來自麥克阿瑟在〈青春賦〉一文中所說：「不論是七十歲或十六歲，心中都應該保有對新鮮事的憧憬、對未知的驚喜、兒童似的好奇、對生命的喜悅及爭取勝利光榮的意志。」

近年學佛，佛法更像是一帖還老返童、安定心寧的處方箋，讓我更篤定年老並不可怕，可怕的是心老、心慌、心不安、心裡沒有一個依靠。

第二天走訪南海四島，第三天往北巡遊景點。

時隔三十年，帶著記憶中的印象舊地重遊，心中不敢有所期待，因為，老祖宗早明示「十年河東十年河西」，都三十年了肯定變化驚人。

不過即使先做了心理準備，每走過一個景點，還是不免慨嘆無常變化，尤其是——有四百多年歷史的天后宮及樹齡三百餘年的通梁古榕樹，全因整修而走了樣；曾被譽為東亞第一、連接白沙島和西嶼島的跨海大橋，因侵蝕嚴重，已改建新橋。

搭快艇時，我跑到後甲板欣賞海景，望著船隻激起的一波波浪花在風中飄飛。三十年前，也是這般情景，但那時覺得天長地久是可能的，彷彿青春也會永遠為我停駐。而現在看著這些在海面瞬間形成、旋即消失的泡沫浪花，想到的卻是人生無常，就像浪花，就像泡沫，不斷生起消滅，生起消滅，不可能永遠不變，永遠存在。

那麼，大自然的景觀該有可能永遠不變吧？一眼看去，咾咕石堆疊成的圍牆依舊捍衛菜園抵禦東北季風；生命力強韌的天人菊依然遍地，隨風搖曳生姿；七美島七美人塚的七棵刺蔥還是翠綠茂盛；風味獨特的特產依然令人兩頰生香；望夫石、石獅、石龍、桶盤嶼柱狀玄武岩及雙心石滬等鬼斧神工，仍然屹立著。

但是，看似不變的這些，真的和三十年前一模一樣嗎？仔細琢磨，答案也是否定的。

佛陀告訴我們「諸行無常」，一切因緣和合的事物都是無常的，都在不斷變化中。無常並非負面，也不消極，甚至可以說是積極的。因為無常，舉世保育的綠蠵龜，才會在一九九〇年重回望安島沙灘產卵，至今每年固定迴游上岸產卵。因為無常，一九九三年第一隻被裝上衛星追蹤器的綠蠵龜，從望安出發，最終抵達了日本九洲，三年後又重新游回望安。因為無常，花宅古厝群才會於二〇〇三年被「世界文化紀念物基金會」列入世界一〇〇個瀕臨危險文化遺址，因而開始受到官方重視及保護。

套用在自己身上，因為無常，所以溺過水的我才有可能在四十歲時學會游泳；四十七歲時開始學佛；五十歲時前往西藏遊學一年；年過半百才開始學滑雪、騎馬……。

如果世間所有事物全都一成不變，那這些故事就不會發生了。

接受了世間事物不會永遠不變的存在，便可以接納生活中有不完美的事出現，不再希望所有的事情都要達到自己所預期的模樣。就像在我印象中，澎湖的天空總是蔚藍無雲，豔陽高掛，結果連續三天都是陰天，還飄了小雨。雖然有一點小小失望，但不會因為現實不如預期而感到痛苦或抱怨連連。

只要將自己的心做個調整，再不完美的一切也都會轉變成美麗新世界。

阿爸找阿彌陀佛之旅——

午夜前，為阿爸再度誦了一部《佛說阿彌陀經》，圓滿七七。

二〇〇九年十一月十九日，在我要出發前往印度的前幾天，腦出血昏迷臥床二年七個多月的阿爸，在家中平靜地嚥下最後一口氣。享年八十。

我相信，阿爸找阿彌陀佛去了。

阿爸昏睡的這些日子，其實早有心理準備接受他的隨時離去。每回出國，我總是擔心阿爸會不會在那時候離去？慶幸最終阿爸不是，否則那將會是我今生最大的遺憾。

阿爸離開的前兩天，我回娘家看他，照例為他誦《地藏菩薩本願經》，然後我如常自言自語講了一堆話，說我過幾天就要去印度做大禮拜還願，因為上回在佛陀悟道的菩提伽耶聖地祈願兩個，其中一個實現了。

我沒說還未實現的另一個祈願是什麼？其實是跪泣祈請諸佛菩薩不要再讓阿爸活受苦，盡快引領他前往西方極樂世界……。

阿爸離開的前一晚半夜，睡同房間的印尼看護做夢，夢到阿爸搖動她手臂說：「小玲，幫我，幫我！」她驚醒後，看到阿爸向來閉著的眼睛張著大大地，並大口喘著氣，她問：「阿公，你不舒服嗎？」她為他輕撫胸口，然後把念佛機放到他耳邊，讓他聽阿彌陀佛聖號，直到阿爸恢復平靜。

事後我看著小玲用手機錄下的影像，阿爸眼珠轉動著，嘴巴張合張合，似乎是要說話。我眼淚成串流下，阿爸，您是要和我們道別，說您要去找阿彌陀佛了是嗎？您就放心去吧！

比起七年前阿嬤往生時的哀傷、慌亂、無助，感謝這些年來佛法的熏習，讓我在阿爸走的那一刻，雖然難過，但已能如實面對，很快整理心境，在第一時間請來法鼓山的法師及師姊們，連同家人一起為阿爸助念八小時，看著阿爸原本患脂漏性皮膚炎的臉，從要嚥下最後一口氣之前開始，紅腫逐漸褪去，轉為素淨，佛號相續中，阿爸容顏愈顯安詳肅穆。

接著七七之中，我們逐步安穩地打點相關後事，漢、藏兩種佛事都圓滿進行。

告別式上，家人以助印《聖嚴法師一〇八自在語》小冊書及《圓滿生命的無限延伸》DVD與來送阿爸最後一程的親朋好友結緣。

回想兩年多前的四月，阿爸二度腦出血昏迷時，我人在西藏，一路趕回台北。那之前我從北京打電話給他，請他要保重時，他還笑說：「快八十歲了，也活夠本了，該回去時就要回去囉！」沒想到一語成讖。

只是，阿爸，您這條回去的路也走得太漫長了點吧！

這幾年，阿爸視力衰退，健康漸走下坡，自從阿嬤往生後，家中早晚佛號不斷，可惜因緣不具足，阿爸一直未正式皈依。二度腦出血昏迷後，我商請果界法師和果賢法師到病床旁為阿爸皈依，法師握著阿爸偶爾有知覺的左手，以台語緩慢清晰地引導唸誦皈依詞，只見阿爸的手回握著，我代替他隨法師大聲複誦皈依詞，阿爸雙眼依舊緊閉著，但口中發出細微含糊的咿唔聲，我想他心中一定也在跟著複誦吧！

皈依圓滿之後，所有我能想到阿爸可能未了的心願全都已圓滿，阿爸在世上應該再無罣礙了，但他依舊昏迷著。逐漸地，連那隻偶爾會自己動來動去的左手也不再動了，雖然每隔二小時看護就幫忙拍打、按摩、翻身，但阿爸仍然一日一日消瘦中。

我從一開始為阿爸誦〈大悲咒〉消災、誦《阿彌陀經》迴向及誦〈百字明咒〉消業障，到後來有人指導我改誦《地藏菩薩本願經》，於是，在每月藏曆的十齋日各誦一部迴向，每次誦到「久處床枕，求生求死，了不可得，……此皆業道論對，未定輕重，或難捨壽，或不得癒。」就難過哽咽，無法自己。

經歷九百多個日子，伴隨著尿管、鼻胃管、抽痰管，身心全然無法自主的苦日子，阿爸終於走完回家的路，終於放下、找阿彌陀佛去了，八十歲的老人家終於獲得了最後的自由。

而我自己陪伴阿爸走過他人生最後這段旅程，不僅印證佛法，也學習到許多課題，最重要的便是：發現自己還活著，我必須把握生命，每一天都認真地過日子，每一刻都盡心盡力去做利益眾生之事。

阿爸走後，重看聖嚴師父對生與死的開示，也讀了《西藏度亡經》（之前看不下去，這回讀進去了），對生與死又有了一層體認。

一切如夢幻泡影，唯有精進修行啊！

後記

寄出這封短文給散居海內外、關心我的朋友分享後，朋友立刻回信祝福父親、祝福我，有多人並希望能獲得《聖嚴法師一〇八自在語》小冊書及《圓滿生命的無限延伸》DVD結緣，而且在表示感同身受之餘，也與我分享他們自己和父母及朋友，一起面對死亡、走過死亡的故事。令我深切體悟到我們凡人是如何地受盡「愛別離苦」的折磨。聖嚴師父說：「哭是因為愛別離苦」，對於生離死別，要如何才能不以別離為苦呢？師父說首先要知道世間一切都是幻化無常的，不要以別離為苦，當以法為依歸。

祈願一切眾生皆能離苦得樂，阿彌陀佛！

第四篇

放牧心靈

山道上的覺察／穿越阿爾泰山

當佛教徒遇見穆斯林／世界上最大的佛學院

山谷裡的燈光／一片葉子飄下來

山道上的覺察——

黃昏時，獨自坐在名古屋大須觀音寺前的石階上，安詳地聆聽從寺內傳來的日語誦經聲，幾隻鴿子悠然地在四周漫步，熏香裊裊，縈迴如千手千眼的觀世音菩薩，慈悲地慰撫著苦難的眾生。

迎面有人拾階而上，走過我身邊時，用不自在的神情看了我一眼，混雜著驚恐、可憐、猜測、好奇……，我猛然想起自己滿臉的傷，趕緊把帽簷壓低一些。

回想起昨天在立山受傷，不僅跌破同伴眼鏡，連我自己都大感意外。

之前幾天，和大學登山社的畢業校友一起攀登日本第二高山槍岳，並縱走北穗高岳，一路都是陡峻嶙峋的危岩絕壁，當時因受颱風影響，天氣變幻莫測，前一刻還看到陽光，後一刻風雲變色，濃霧滿布，在能見度不佳下趕路，攀岩越石，爬上爬下，危險萬分，因此大家都走得戰戰兢兢，如履薄冰。

最危險的地方反而是最安全的地方，平安下山後，先在上高地溫泉區休養一天，避開颱風，再轉往著名的觀光景點黑部立山國家公園，輕鬆登頂立山。

下山時，遠遠看到前來畢業旅行的數百名日本小學生，為了避免在山道上相遇塞車，我加快速度小跑步下之型步道，跑了一段後，一個不察，左腳踢到一突起石塊，往前一個踉蹌，因為正好是之型路轉角處，身體來不及回正，另方面也因連「操」數天，雙腳已經有點痠軟，應變力較差，就這樣，整個人往旁邊坡下騰空摔了出去，落差加上跑步下坡的加速度，當臉及身體碰到地面後，衝力還使我繼續往前滑行了幾步才停住，好像打棒球滑壘似的，當時閃過腦中的第一個念頭是「無法置信」，我怎麼會跌倒呢？耳中則清楚聽到走在我後方不遠處同伴大喊我名字的驚叫聲……。

身體停止滑動後，我趴在地上靜止不動了幾秒，然後自己緩緩爬起身，坐在滿是大小石礫的地面，我清楚感覺到滿臉都是血，正在一滴一滴直往下落，這時，趕到的同伴遞給我用水沾濕的面紙，我往臉上一按，天呀，愈擦愈多血，這時，另一個學長趕到了，拿出他從成都帶來的新鮮蘆薈幫我初步清潔、止血，接著大家扶我站起身，動動手腳，全身檢查一遍，幸運地，除了臉部受傷，只有手部和膝蓋有一些擦傷。

慢慢跟著大家走下山回到「室堂電車站」，有人已先通報留守在那裡的隨隊醫生，我一到，醫生立刻幫我做進一步的消毒處理及上藥，為避免感染，傷口全貼上OK繃，但因之前在槍岳時OK繃就「生意興隆」，不夠用，只剩下為隊上小朋友準備的動物圖案OK繃，處理完，我問大家：「誰有鏡子借我看一下，好嗎？」誰知，朋友小孩寬寬皺著眉頭，用小大人的口吻回答：「阿姨，我想你還是不要看的好。」「很難看是嗎？」後來在洗手間裡照了鏡子，真的是鼻青臉腫，慘不忍睹，而且滿臉動物圖案的OK繃，實在滑稽。

當醫生在幫我處理傷口時，同伴圍在四周關懷，有人抱怨：「剛剛在山頂神社不是有日本和尚為大家誦經祈福嗎？怎麼沒保佑啊？」平日就菩薩心腸的一位學姊回答：「不，我們要這樣想，就是因為有祈福，所以不幸中的大幸，雖然摔倒，但傷的輕些。」說的一點也沒錯，那樣的地形，那樣的摔法，僥倖只有皮肉傷，真的是佛菩薩保佑啊！

當酒精消毒的刺痛滑過臉上傷口的剎那，我在心中觀想：「就讓我來承擔所有會在這條山道上跌倒者的業報吧，願今後走在這條山道上的每一個人，都能平平安安，順順利利。」

雖然下山後就買了冰塊進行冰敷，但隔天臉部還是腫到眼睛只剩一條縫，我自己照鏡子都覺陌生。最後一天在名古屋自由行，同伴大多去了愛知博覽會，我沒興趣，獨自來大須觀音寺。出發前，特地向朋友借了大帽子，再戴上有點變形的墨鏡，路上行走時盡量壓低帽簷，以免嚇到人。但因是第一次到日本，有些狀況搞不太清楚，不得不向人問路，感覺得出正面看到我臉的人神情的不自在，憐憫、驚恐、好奇、尷尬……。

看來，只有大慈大悲的觀世音菩薩，才能擁有真正沒有分別的菩提心！

後記

回到台北第二天，因故不得不搭公車、捷運出門辦事，每個迎面而來的人看到我，依然現出尷尬、憐憫、驚恐、好奇……的神情，有個小女孩還不斷拉她母親（正別開頭假裝沒看到我）：「媽，你看，你看那個阿姨的臉……」，害那位母親很不自在的趕緊拉著她走開。

感謝這回在山道上受傷的經驗，讓我和過往曾經被以異樣眼光注視的顏面傷殘者有了一種連結，我終於明白也能感同身受顏面傷殘者被人以憐憫、驚恐、好奇……眼光看待時的那種滋味了，今後，有機會遇到他們，我將以溫暖真誠的笑容，正面迎向他們！

穿越阿爾泰山

斑斕絢麗的金秋是四季中最讓人期待的，北疆因為緯度偏北，秋色來得早，九月下旬已是秋濃時分，喜歡旅行、騎馬的我們夫妻特地上網搜尋，當看到有旅行社推出特殊行程「騎馬穿越阿爾泰山，兩人成行」，馬上行動。

阿爾泰山，蒙古語意為「金山」，民諺「阿爾泰山七十二道溝，溝溝有黃金」，因而得名。山勢自西北走向東南，蜿蜒約二千公里。西北段在哈薩克斯坦和俄羅斯，東南段在蒙古，而新疆阿爾泰山屬中段，平均海拔三千公尺以上。

新疆阿爾泰山雨雪豐沛，森林茂盛，山區冰川密布，其中，喀納斯冰川融水匯成喀納斯湖，宛如璀璨的藍綠寶石鑲嵌在綠野中，周遭山林河流景觀絕美，規畫為喀納斯國家公園，是中國唯一的南西伯利亞系動植物分布區，生長紅松、雲杉、冷杉等珍貴樹種和眾多樺樹林，植物群落層次豐富，一到秋季萬樹爭放異彩。

賈登峪位居國家公園入口，環山公路距喀納斯約三十公里。旅程從賈登峪出發，捨公路走牧人之路，第一天到達東北方的禾木，隔天夜宿西北方的黑湖畔，第三天抵達喀納斯。賈登峪、禾木和喀納斯三地形成一個三角形，騎馬距離約八十公里。

出發前，知道由哈薩克族馬伕帶路，我好奇的上網查資料，哈薩克族被稱為「馬背上的民族」，是世界著名的遊牧民族之一，人類學家認為該族由古代的烏孫、奄察人和中亞草原的大月氏，及之後的匈奴、鮮卑、突厥、契丹、蒙古等各族人共同融合而成。目前在中國人口超過一二〇萬，主要分布在新疆，少數分布在甘肅和青海，絕大部分仍過著逐水草而居的遊牧生活。

在哈薩克村落初見馬伕，二十出頭的小伙子，英挺帥氣，不同於其他村民的活潑聒躁，他顯得靦腆安靜。

出發後，先走土路，進入森林，翻越山口，下坡後接到喀納斯河，馬道沿著河畔，山谷混生常綠喬木、落葉松、白樺樹，森林與草原交替，像極一幅色彩飽滿的油畫。

突然，不遠處傳來悅耳的歌聲和清脆的駝鈴聲，轉個彎，迎面而來大群牛羊，原來是哈薩克牧民正在「轉場」。❶

牛羊群後面，一家老小全騎在馬上，吆喝著趕牛羊，有個小男孩大約五、六歲，獨自騎一匹駿馬，揮動馬鞭，隨家人前進後退自如，還有個小娃兒被大人抱在懷裡共騎。這下終於明白，為什麼有句諺語「馬是哈薩克人的翅膀」。隊伍中，還混雜著幾匹駱駝，馱著捆綁得十分結實的鍋碗瓢盤和氈包等各式家當，一行浩浩蕩蕩地在色彩斑斕的山林間行進。

我們上山，他們下山，黃昏他們走到哪就在哪紮營，處處無家處處家，氈房就是他們流動的家，氈房大多以紅柳木和自製的厚實羊毛氈組成，保暖禦寒，而且易於拆搭、方便攜帶。據說熟練的牧民只需二、三人就能在兩小時內搭好一座高約三公尺的中等規模氈房。

一路上，遇到好幾波轉場，一時之間只聞吆喝牛羊聲、駝鈴聲、口哨聲及清越的歌聲，熱鬧非凡。雖然我們彼此不相識，錯身而過時，也會互相微笑或揚手招呼。他們對四周燦爛的秋景不像我們留連忘返，在他們眼裡，再美的景緻也只不過是轉場過程中的過眼雲煙吧！

相信萬物有靈，崇拜天地日月各種自然元素的哈薩克牧民，從出生那天起，就註定了一輩子的遷徙。年復一年，從春到夏，從秋到冬，從孩童到老年，他們的一生都在馬背上和氈房裡度過，生活簡單，寡欲知足，只要轉場季節來臨，吆喝一聲，就可以在很短的時間內迅速拆除氈房，打包所有家當，上馬就走。

多麼自由的身體與心靈啊，想來他們在遼闊的藍天和草原上放牧牛羊的同時，也時時刻刻在放牧著自己的身心靈吧！

「風來疏竹，風過而竹不留聲；雁度寒潭，雁去而潭不留影」；「雲淡無痕風過處，去留自在皆隨緣」，哈薩克牧民一生轉場所展現的意境，用這些詞句來形容真是恰當極了。

黃昏抵達禾木，禾木位於群山環繞的山谷中，素有「攝影家天堂」之稱，村內數百戶人家，以哈薩克族和圖瓦族人為主，民風純樸，至今還保留傳統習俗，捕魚、打獵、放牧等，圖瓦人甚至到現在仍不與外族通婚。

隔天黎明前，我們裝備齊全爬上村外山丘，居高臨下，等待觀賞天堂的日出。隨著魚肚白天色漸開，大地緩慢甦醒，晨霧中，圖瓦人小木屋被山巒、五彩森林及河流環繞，散發出流動的朦朧美。禾木河在豐茂的的樹林掩映中靜靜流淌，清晨的陽光烘托白樺林如流金溢彩，又溫柔地籠罩高低錯落的圖瓦小木屋，祥和、恬靜，如夢幻淨土。

此起彼落的咔嚓聲把我拉回現實，眼光轉向周旁，山坡上擠滿遊客，人手各種廠牌的相機、錄影機，鏡頭有長有短，講究的還架在三角架上。服裝打扮五顏六色，爭奇鬥豔，我低頭看看自身，也是一副旅行者、外來客的裝扮。我們這些人的到來雖然改善了山村的經濟，但同時我們也都是外來的侵入者，打擾了寧靜的山村，尤其有些遊客從昨晚就高聲喧鬧，一副趾高氣揚。

想及此，我有點意興闌珊，收起相機，靜靜地坐了下來，靜靜地俯瞰，只想單純地把天堂般的禾木印象，輕輕烙印在心田。

朝陽升起後，來了一組拍攝印度瑜伽教學錄影帶的人馬。示範的主角一身白衣，站在臨崖架高的台上，導演一聲開麥拉，白衣人緩緩做出不同的瑜伽分解動作，晨風中，肢體柔軟如蛇，前俯後仰，側彎倒立，圍觀的人讚歎連連。

「瑜伽」是印度古老的一種哲學體系，講究控制自我精神和肉體機能的方法，早期我曾經因為嚮往而學習過一陣子，可惜自己資質有限，又未遇明師，總覺得缺乏什麼，無法滿足我追求更深入身心靈的渴望。

後來學佛，讀了釋迦牟尼佛的生平故事，佛在出家之初，跟隨瑜伽行者修練瑜伽，學習禪定，但發現無法以此達到解脫。接著，苦行六年，又發覺苦行也非解脫之道，最終在菩提樹下禪坐，獲得證悟。可見主張中道的佛陀雖是從古印度傳統的瑜伽禪思基礎出發，但並非以瑜伽做為達到解脫的方法。

或許，正因為這樣，所以我之前無法自瑜伽中獲得心靈真正的滿足吧。人生的答案，心靈的皈依，除了佛法，別無其他！

註❶：為了方便牲畜覓食，哈薩克牧民會隨著一年四季冷熱的變化，轉移到不同海拔的草場放牧，稱為「轉場」。

當佛教徒遇見穆斯林——

二〇〇六年十一月，我在拉薩已經待了一段時間，由於簽證即將到期，想就地辦延簽，卻因為台灣和西藏同屬敏感地區，我在拉薩市公安局、西藏自治區公安廳、出入境管理局和台灣事務辦事處之間來回奔波，都遭到客氣地「推皮球」，只得提早離開，轉往青海省西寧市試看看，再不行，就必須趕回北京辦理了。沒想到，當日送件，隔日就核發延簽三個月，高興之餘，決定前往鄰省甘肅，拜訪嚮往已久的敦煌，時序已入十二月，天冷遊客減少，估量可以靜靜地與千佛洞的眾多古佛像凝眸對話。

敦煌，一個遙遠卻熟悉的名字，終於就要來到跟前了。

黃昏時，從蘭州登上一天只有一班的火車，找到車廂鋪位，把大背包塞進床底，小背包放在床頭，拿出臨時買來的書，開始看敦煌的相關資料。

敦煌為古絲路重鎮，佛教傳入中國，敦煌正位當從西域傳到內地的咽喉。敦煌石窟中最具代表性的是莫高窟，取其意為「沙漠（莫）高處的石窟」，又稱千佛洞，位於敦煌城東南二十五公里的峭壁上，從南到北，約長一千六百公尺，共開鑿了六百多個石窟，其中四百多個有壁畫和塑像，展現集建築、彩塑、壁畫三合一的佛教藝術……。

讀著讀著，風沙遍野、懸崖峭壁上連綿的石窟影像，迷濛地在眼前出現。

正在恍然間，對鋪來了一個戴頂小帽的中年先生，一放下行李就對我說：「對不起，小姐，等下我可以跟你借一下床位嗎？」「借床位？」我聽不懂他的意思，反問一句，他解釋他是穆斯林，跪著做禮拜時必須朝西對著麥加方向，我的鋪位比較方便。

「那我跟你換床位好了，反正一樣都是下鋪。」聽到我這樣回答，穆斯林先生高興得連說謝謝。

換好鋪位，穆斯林先生告訴我他們每天要禮拜五回，早上一次，太陽過正午後一次，下午太陽下山前一次，下山天黑後一次，大約一小時後，星星出來了再一次。

近幾年在大陸邊疆旅行，遇過不少穆斯林，但都沒機會深入接觸，正好順著他的話題提問。

「請問，伊斯蘭、穆斯林、清真教、回教，這麼多名稱，到底有什麼不同啊？」

「伊斯蘭是阿拉伯語發音，指伊斯蘭教。穆斯林的意思是『順從者、跟隨者』，泛指伊斯蘭教的信徒。稱呼清真教是因為明清學者曾用『清淨無染、真乃獨一』、『至清至真』和『真主原有獨尊，謂之清真』等形容阿拉。至於叫回教，是因為所有回族人都信伊斯蘭教的緣故。我們伊斯蘭教和佛教、基督教並稱為世界三大宗教，全球有十多億人，是世界第二大宗教，在中國境內也是第二個大的，人數遠遠超過中國基督徒，估計有幾千萬人呢。」

原來如此，終於搞懂了。接著，穆斯林先生開始對我推介伊斯蘭教，宣揚《可蘭經》，說《可蘭經》是真神阿拉逐字逐句的啟示，雖然是七世紀寫成的，但內容符合現代科學，並具有預言作用，還說美國太空總署從太空收聽宇宙聲音，聽（錄）到一段很好聽的共鳴聲，最後對證發現那是清真寺伊斯蘭教徒集體禮拜的祈禱聲。

看到我露出不太相信的表情，他說：「真的，沒騙你，你來信我們伊斯蘭教，就會明白。」

「我是佛教徒，不可能再信伊斯蘭教的。」

「沒關係，任何其他宗教的信徒，只要在四十歲之前改信伊斯蘭教，我們都接受。」

「那我也沒機會了，我的年紀早已超過。」我笑著回答。

穆斯林先生用一種我分不出真假的語氣問：「你有四十多歲？看不出來。」

「不只四十多歲，我已經年過半百了。」我半開玩笑的再補充。「我經常運動，加上學佛，轉變心念，身心都健康，當然顯得年輕囉！」

穆斯林先生沒答腔，好像在思索我的話。機會來了，換我向他介紹佛教，為了避免引起反感，我先說喬達摩太子的故事，講沒幾句，他就打斷我：

「不用說了，我不會去信你們的神的。」

「佛不是神，佛是一位覺悟者……。」

「反正我只信我們的阿拉，他是獨一無二，至高無上的真主。」

其實我並非想要遊說他信佛教，只是想讓他明白世上還有一種宗教名「佛教」，主張慈悲與智慧，發菩提心，利益眾生。可惜他不願開放心胸，連聽都不想聽。

想到剛剛穆斯林先生說伊斯蘭教義講究平等，人人必須和平相處，但為何有一些伊斯蘭教恐怖份子，不斷以「奉阿拉真主之名」發動所謂的「聖戰」，造成平民百姓死傷慘重，實在令人不解那些人對教義的詮釋。

佛教反對暴力，因為一旦運用了暴力，無論自認為理由多麼正當，只會帶來更多暴力並落入「以暴制暴」的惡性循環中，導致更多人受苦受害。佛經說：「一念瞋心起，百萬障門開」，當仇恨在心中發了芽，就如同火苗燎原，一發不可收拾。

西元前三世紀，印度阿育王以殘酷的血腥戰爭殲滅各族，征服全印，最後一戰，有超過十萬以上的人死亡，當他面對屍骸遍野、血流成河的戰場，忽然受到衝擊，內心一動，領悟到自己必須為這些死傷負責任，他深深悔恨，發願將自己餘生致力於弘揚佛法，成為佛教史上轉化暴力為非暴力，並皈依成為佛弟子的最著名例子。

不知那些伊斯蘭教極端份子，是否可能有朝一日也忽然醒悟？放下屠刀，立地成佛。

穆斯林先生又展開遊說了，我望著他默默不語，心中強烈憶念起慈悲智慧的佛陀和他所開示的佛法。世界三大宗教中，只有佛教不會逢人就要人去信，這大概由於佛教主張因緣生萬法，當因緣具足時，不必強求，一切就會自然發生。

看來，穆斯林先生和佛教徒小姐是不可能有交集的，於是，一個朝西向著麥加聖地做禮拜，一個面壁靜坐，各自做功課去了。

十四個小時的車程，大半於火車規律的晃動中沉睡度過，隔晨七點半抵達敦煌，由於中國未分時區，天猶漆黑，月色迷濛。穆斯林先生有朋友來接，我搭公車，倆人在走出車廂時，禮貌性地道別，從此，堅守著各自的信仰，各走各的路。

世界上最大的佛學院——

第一次和色達喇榮五明佛學院相遇於大陸出版的雜誌上，那是張居高臨下拍攝的跨頁照片，影像非常具有張力，一間一間比鱗而建的修行房，密密麻麻，看得我目瞪口呆，驚訝於這是一個什麼樣的修行聖地，能擁有如此無與倫比的凝聚力量！

後來認識一個同樣熱愛西藏的成都背包客，談起她去佛學院的經歷，談起她如何從一個無信仰者轉變為佛教徒，最後定定地看著我：「這輩子你一定要去一趟——那個不可思議的山谷！」

二○○八年五月，我計畫走川藏公路返藏探望藏族朋友，順道前往，一償夙願。佛學院位於四川甘孜藏族自治州東北部的色達縣喇榮溝（溝即山谷），距離成都約七百公里。我從成都搭中巴出發，第一晚宿於阿垻藏族自治州的馬爾他，第二天下午抵達色達縣城。

在車站旁小旅館住下後，問明唯一書店位置，打算前往「尋寶」，忽然接到大陸乾女兒從山東打來電話，焦急地問：「乾媽，剛剛手機一直打不通，我好擔心哪，四川發生地震，地震帶就沿著您告訴我要走的路線，您走到哪兒啦？沒事吧？」可能因為色達海拔近四千公尺，我又正好在走動，以致沒感覺地震。接著打給人在北京的文河報平安，打了許久才打通，之後所有線路全陷入癱瘓。

台灣地震如家常便飯，老實說，那一刻聽到地震並沒有很在意，加上沒看電視也沒聽廣播，這事就擱下了。

隔天一早搭小麵包車前往二十餘公里外的佛學院，途中看到路旁軍隊駐紮，規模龐大得令人怵目驚心，想起前一天向司機打探消息，他說三月份拉薩動亂後，查得很嚴，外人不准進入佛學院。我該不會受阻於喇榮溝口吧？

暗自祈禱諸佛護佑。

幸運沒遇到臨檢，車子穿過喇榮溝口，從藏漢文對照「色達喇榮五明佛學院」牌坊之下進溝後，緩緩而上，路旁出現零星的修行小屋，隨海拔攀升逐漸增多，心裡萌生幾分緊張，有點近鄉情怯。突然，眼前一亮，蒼穹之下，群山之間，和記憶中那張跨頁圖片相似的影像跳進了眼簾，山谷布滿密密麻麻的小屋，如眾星拱月般簇擁著幾座輝煌的大殿——喇榮五明佛學院到了！

找到佛學院經營的「扶貧招待所」，是棟沿著山坡搭建的簡陋兩層樓房，專供短期修行的居士住宿，接待人是位來自東北的漢籍覺姆（藏東對女僧的稱呼），對我簡略介紹了環境。

整個佛學院依海拔分為上、中、下三區，上區是喇嘛區，區內原有一棟四層樓旅館供遊客居住，後因火災荒廢；中區是經堂大殿、居士區、小販賣部及個體戶餐廳；下區是覺姆區。喇嘛和覺姆相互不能進入對方居住區，連壇城轉經也分單雙日男女僧眾分開。全區唯一水源位在招待所下方百公尺處，屬天然湧泉。最後覺姆說：「屋裡沒衛生間，最近的公共廁所，從水源那兒再走幾百公尺，等下我帶你去。」

我注意到靠近山頂的修行房都是新搭建的，屋與屋間留有寬敞空地，視野寬廣，可俯瞰整個谷地，但下山取水及補充民生用品比較不方便。

放下大背包，我迫不及待前往位於小山丘上的「大幻化網壇城」❶轉經，路上來往都是身著絳紅色僧服的喇嘛和覺姆，無論側背黃布袋、手持經書架、提著水桶、拿著民生用品，全都氣定神閒。真是想不到，在這近乎與世隔絕、海拔四千多公尺，終年平均氣溫零下一度，長冬無夏（幸而日照充足）的山谷裡，居然有這麼多人在精進修行。

晚上隨漢籍僧侶及居士聽索達吉堪布講經《入菩薩行》，堪布提到汶川發生大地震，死傷慘重，希望大家持誦「觀音心咒」迴向。我才知道地震挺嚴重的，當下生起修慈悲，觀無常。

三天停留中，覺姆陸續告訴我學院的歷史，喇榮溝自古以來就是聖地，曾有數十人在此成就虹光身❷。佛學院創辦者晉美彭措，信眾都稱他「法王如意寶」，被喻為末法時代以佛法光明之燈引領世人駛往永恆安樂的一代舵手，一九八〇年，他於此生活條件艱苦之處，樹立寧瑪派講修法脈。

一九八七年，十世班禪喇嘛親題「色達喇榮五明佛學院」藏文匾牌，漢文則由前中國佛教協會趙樸初會長題寫。學院課程分顯教、密教和共同文化三部分，以戒律嚴格、艱苦修行、弘揚佛法而逐漸享譽中外。

剛開始只有三十二名學員，如今成為世界上最大的佛學院（藏漢僧破萬人），期間發展並非一帆風順。本世紀初，由政府統戰部領導的工作小組曾進駐多年，並從二〇〇一年起下令學院停課，以「出於穩定的考慮」為由規定不能進行跨地區宗教活動，僅留下約一千名喇嘛及四百名覺姆，其他人全被驅離，修行小屋被當局拆除了將近二千間。那時公安會對每個來學院的人進行盤問和身分檢查，只有中國公民可以用旅遊名義短暫停留，港澳台胞和外國人都不許進入。後來才又放寬，陸續恢復教學。

相熟後，覺姆與我結緣一份記載法王如意寶於二〇〇四年阿彌陀佛日打坐趨入定中示現涅槃的報導，有許多不可思議的奇妙現象，諸如圓寂當日，空中出現圓形光圈，逐漸變成長條狀彩虹；圓寂後空中現出橢圓形及階梯狀的豎直形光團、法王身體明顯縮小等。而讓我沉吟再三的是遺囑中的這幾句話：「……希望大家能記住兩個要點：既不要擾亂其他眾生的心；也不要動搖自己的決心。清淨戒律是佛法的基礎，聞思修行是佛法的精髓，弘法利生是佛法的結果。」堪為佛弟子日常修行的座右銘。

短短三天，白天精進個人的修行功課、持咒轉大幻化網壇城、於附近山嶺健行，晚上聽堪布講經，然後回到四周掛滿唐卡的招待所，在諸佛畫像環繞中入眠……，我日夜沉浸在寧謐祥和的佛國氛圍聞思修，耳根聽到的盡是佛號、聖樂和咒語，彷佛脫胎換骨，不禁錯覺自己也是一個出家人……。

後記

離開佛學院後，走到甘孜縣城，意外被旅遊局及公安部門獲悉我是台胞，以安全為由強硬要求我離開藏區。轉到康定時，看到電視，堪布說的「死傷慘重」頓時由文字化成影像，看到那成堆的屍體，看到那斷垣殘壁瓦礫如山，看到那與親人生離死別的悲戚容顏，我淚水蓄滿眼眶，心中漲滿捐款加行動的強烈意願，但汶川我人生地不熟要怎麼辦呢？還沒細想，電視畫面出現「台灣佛教團體法鼓山及慈濟帶著台灣同胞愛心專機抵雙流機場」的報導，靈光一閃，輾轉聯絡上法鼓山相關人員，就此轉道奔赴災區。

事隔兩年多，仍感到因緣的奇妙，如果我晚一天從成都出發，汶川大地震發生時，我乘坐的中巴就在緊貼著斷崖的狹窄山路上緩慢爬升，瞬間可能就掉進山谷了吧，谷是那樣深……。

註❶：壇城梵文稱為「曼達拉」，意為「圓形圍繞」。大幻化網壇城屬於寂靜立體壇城，依密宗本尊無量宮殿模型而建，方便進行多種修行儀軌時觀想用。

註❷：虹光身：寧瑪派大圓滿法修行的殊勝成就，身體放出七彩虹光，肉身縮小，最後化成虹光而去。

山谷裡的燈光

有人問達賴喇嘛：「你的家在哪裡？」達賴喇嘛回答：「我人生的前二十五年在西藏，但我在印度已經將近五十年了，所以現在達蘭莎拉（Dharamsala）是我的家。」

自從遊學拉薩一年，和西藏緣起不斷後，我對這已成為流亡藏人第二家鄉的山城達蘭莎拉，也生起無限的孺慕之情，於是在二〇〇八年歲末獨自前往。

位於印度西北方喜瑪拉雅山區的達蘭莎拉，有下達蘭莎拉（主要居住印度人）和上達蘭莎拉之分，上達蘭莎拉海拔約一千八百公尺，正名McLeod Ganj，但一般通稱達蘭莎拉。

一九五九年，達賴喇嘛逃出西藏，隔年，印度政府提供上達蘭莎拉讓他和八萬名藏人成立流亡政府。之後，每年不斷有西藏境內的藏民冒險越過中、印、尼交界的高山，逃來這裡。現今，藏民人數早已超過印度人，因而有「小拉薩」之稱。

山城腹地狹小，建築沿山坡錯落，以巴士站廣場為中心，街道呈放射狀，沿著Temple Road往下走，會到達大昭寺和達賴喇嘛行宮；再繼續下行約數十分鐘，便抵達流亡政府辦公區、西藏圖書館及博物館等行政區。

狹窄街道兩旁的商店明顯以遊客為訴求，藏人的店大多賣藏式服飾及特色商品，他們不像印度老闆站在店門外口若懸河拉客人，通常只是靜默地坐著，看到客人進門才露出靦腆的笑容上前招呼。

走在街道上，剛開始我常產生迷惑錯亂，分不清身在何處。明明腳上踩的是印度土地，店內商品卻混合西藏、印度和尼泊爾風；錯身而過的除了藏人和印度人，歐美白人也不少，網吧及pub更盡是白人身影；耳邊傳來的是英語、印度語、藏語，偶爾還能聽到國語。

住宿的旅舍視野寬濶，可以俯瞰山谷及仰望喜瑪拉雅山脈，暮色降臨時，從山坡到山谷，一戶戶人家的燈光陸續點亮，有的零散，一盞兩盞稀疏孤單，有的略為集中，聚集如小光團。我喜歡關掉房燈，佇立在陽台，墨藍綢緞般的夜空，繁星閃爍，和山谷裡的燈光交相輝映，回想白日相遇的每一個藏人臉孔及聽來的悲慘逃難故事，揣想著每一盞燈光的背後，還隱藏著多少不為人知的困頓生命。

那一刻，心中總會響起民謠「山谷裡的燈火」——微風涼，月光淡，星光燦爛……。在那遙遠的旅途前面，山谷中有燈火在爍閃。遙遠見燈影，記起往事，別父母，離家園，斷消息，到如今，我雙親是否無恙？……

這首世界名曲本是描述異鄉浪子懷念住在山谷裡的母親，我聯想的卻是分散在世界各地的流亡藏人。流亡和流浪只有一字之差，卻是兩種迥異的情懷，祖先的原鄉，今生回去的希望渺茫，對雪域家鄉的思念啃噬著飄泊的身心，流亡之路如漫漫長夜，不知何時才是黎明。

我能體會這種看不到傷口卻深入心扉的刺痛，無數次向諸佛菩薩祈請護佑流亡世界各地的藏民，尤其是那些正在逃亡、即將逃亡的藏民，他們拿生命當賭注，千里迢迢翻越喜瑪拉雅山脈，一路經歷嚴酷氣候考驗，挨餓受凍，並冒著被中共邊防部隊發現及射殺的危險……。我認識的難民，有徒步走二十多天的，他們幸運地熬過來了，但擺在眼前的未來，卻是另一條寄人籬下、坎坷辛酸的不歸路。

我曾試探著問一位前幾年才逃離西藏的中年難民，這裡和西藏比起來如何？他露出苦笑：「除了見到嘉瓦仁波切（藏人對達賴喇嘛的稱呼）很好外，其他都不好。」「那你覺得冒險逃難值得嗎？」「只要能見到嘉瓦仁波切就值得了。」然後他又興高采烈地補充：「嘉瓦仁波切已經親自接見我們好幾次了呢！」

從小沒見過達賴喇嘛，又在中共竭盡所能壓抑宗教、醜化達賴喇嘛的環境下長大，卻依然擁有堅定深厚的信仰，顯見佛法之深入藏人內心，真是不可思議啊！

我在達蘭莎拉住了兩星期，幾乎每個早晨和黃昏，都從旅舍走山路捷徑前往大昭寺禮佛及轉經，與藏區寺廟相較，這裡規模小如麻雀，而且外觀一點也不像寺廟，只是一棟普通樓層的建築，但因為有佛安住，依然成為流亡藏人心靈的最大支柱，晨昏時轉經人潮如流，做大禮拜藏民的虔誠心也無二差別，這都算是放下對情器世界之執著的具體實踐吧！

在走山路快抵達大昭寺之前，隔著小山谷可以遠眺隱於樹林裡的達賴喇嘛行宮，有時我會停下一會，想像當下的法王正在做什麼？

曾讀過一篇達賴喇嘛自述一天生活的文章，印象非常深刻。他的一天開始於清晨三點三十分；先一邊磕長頭一邊背誦讚美釋迦牟尼佛的經文；之後是分析式冥想；然後跑四十分鐘跑步機；五點半吃糌粑（炒過的青稞）煮的粥……。

冬天的達蘭莎拉近七點才逐漸天亮，自我設定六點起床做早課，沒有暖氣的房間凍如冰庫，鬧鐘響時我總會有一點抗拒，但只要想到七十多歲的達賴喇嘛早已起床了，就會毫不遲疑地離開溫暖的被窩。

也因為天天早起，所以有一天清晨拉開窗簾時，就驚喜看到群山一片粉妝，原來夜半下雪了，天色初綻，迷濛中遠眺，好像群山綻開一朵朵白色的小花。

於達蘭莎拉無緣拜見達賴喇嘛，後來轉往鹿野苑，才隨同華人請法團一起拜見，並幸運地握到達賴喇嘛的手，那手掌無比地柔軟與溫暖，雖然僅僅只有幾秒，但在剎那間，神奇的魔力如電流般由手心傳導過來，我真實地感受到如佛般慈悲的攝受力，當下想起難民的那句話：「只要能見到嘉瓦仁波切就值得了。」不禁望著達賴喇嘛那宛如佛菩薩般的笑容，自許：「學佛者當若是」啊！

一片葉子飄下來——

氣溫只有十來度的一月份清晨，於二千五百年前佛陀證悟的菩提樹下，我口中誦著〈金剛薩埵百字明咒〉，身體隨著韻律做大禮拜，雙手在胸前合掌如摩尼寶，先置於額頭頂，次置於喉間，後置於心間，然後兩手掌貼地，雙膝跪地，手和身體同時向前滑行，行五體投地的大禮拜，一次又一次。不經意間，一片菩提葉飄了下來，不偏不倚落在我身上……。

獨自重返菩提伽耶做大禮拜，是為了重病臥床的父親及其他家人還願，本來出發時間是二〇〇九年十一月，臨出發前幾天，腦出血昏睡二年多的父親往生，因而延後行程，直到二〇一〇年一月中旬才啟程。

事後回想，是佛菩薩的安排吧？讓我有機會圓滿父親七七；讓我因此恭逢一年一度寧瑪派固定於菩提伽耶舉行的祈願大法會，今年是第二十一屆，以圓滿《文殊真實名經》及《普賢行願品》各十萬遍為主課，從十六日起舉行半個月，至少有三萬名以上遠自世界各地前來的僧俗大眾蒞臨，齊心協力誦經迴向平息世間所有的苦難與不幸，祈求世界和平。

為了節省費用，我住在近郊印度小村莊的民宿，一房一衛，房間小小的，除了木板床、壁面往裡凹的水泥置物台及牆上幾個掛鉤外，空無一物。從住處走到大覺塔約需十來分鐘，中間穿過村子、空地、菜市場，走過臨時搭建的藏民帳篷餐館及印度商店區，再穿過琳琅滿目的地攤，便是大覺塔外大門。

住進民宿第一天晚上，發現有無數的蚊子當室友，點了香也趕不走，想用棉被矇著頭睡，實在氣悶，這可怎麼辦呢？記得以前聖嚴師父開示過：「蚊子只不過咬你一小口血，你就想打死它，要了它的命，人也未免太殘忍了。」那就隨它去吧。

隔天一早照鏡子，果然被蚊子熱情親吻，幸而白天因緣遇到一位阿尼（藏傳女性出家眾），看到我滿臉紅豆冰，說她有一頂舊蚊帳，是位朝聖客留下來的，問我要不要？天助我也，當然是歡喜收下囉，拿回民宿打開一看，大大小小破洞七、八個，用盡我所有的橡皮筋和OK繃，總算補好破洞，接著用曬衣繩及綁背包的繩子固定住蚊帳兩角，拉開綁到牆上掛鉤，另兩角用雨傘及撿來的細木棍從裡架高蚊帳，大功告成後，左看右瞧，連自己都很佩服自己是「馬蓋先」，蚊帳高度恰恰好可以整個人坐在裡面打坐。

之前對印度的髒亂早有心理準備，住到村落裡，親身面對更是怵目驚心，尤其是村子到菜市場的那段土礫空地，滿地「黃金」，有乾硬的、新鮮的；黑灰的、金黃的；粗的、細的……，另外那東一塊西一塊的濕印推想而知就是黃金的兄弟，更令我瞠目結舌的是不遠處有個小水池，印度婦女就蹲著洗菜洗碗筷，面不改色。

每個大清早，帶著做大禮拜的長墊等工具，走過這段污穢不堪的路，我一手拿著剛從村中小店買來還熱呼呼的大餅，趁熱邊走邊吃，同時眼觀四方，留意著別踩到地上的金銀財寶，左右閃躲而行，心中不斷想著：「外在的一切顯現都不是實有」；「清淨和不清淨的根本，都是自己的心」。口中也喃喃念誦著：外在的一切顯現都不是實有；清淨和不清淨的根本，都是自己的心……。幾趟之後，也能視滿地金銀如土礫了。

抵達大覺塔，先向大殿內的釋迦牟尼佛問訊並順時鐘繞塔轉經三圈，再在菩提樹下找塊夠做大禮拜的空位，擺好長墊、佛珠、計數器及毛巾、水壺等，合十祈禱一番，然後開始一千下大禮拜。

有位上師說：「做大禮拜時，當身體碰觸到地面，沾到的灰塵有多少，功德就有多少。」於是，碰觸到地面時，我總是盡量地伸展肢體，希望能以最大的面積和地面接觸，希望因此能得到更多的功德以迴向給剛往生的父親。

隨著一天天過去，每天超過五百下之後的每一次拜倒，逐漸體會到一種身心被徹底洗滌和放空的感覺，大禮拜持續不斷，耳邊也不斷傳來在菩提樹伸展出去的廣大樹蔭空地下進行祈願大法會的寧瑪派僧眾的誦經聲，觀想自己的身語意和諸佛菩薩的身語意合而為一，無二分別，直到圓滿一千下後，彷彿重生，回到嬰兒般的柔軟單純，內心充滿一種安樂、微暖的感受。

從早期拜《大悲懺》開始，就深深感受到拜懺不只是一種對信仰的神聖禮敬，還有磨滅自我銳氣、喚醒謙卑心的圓融作用，當觀想一尊尊諸佛菩薩環繞在四周，慈悲地看著我、淨化我，心於是虛懷若谷，對一切充滿感恩。如今做大禮拜，感受也無獨有偶。

約三小時多圓滿一千下大禮拜後，在藏民帳篷餐館簡單吃個麵或炒飯，然後返回民宿沖洗乾淨，略做休息，避開正午炎熱的陽光，午後三點重返大覺塔，於菩提樹下或大覺塔一側面壁靜坐修持「大圓滿前行」❶，每一座告一段落，就下座改繞大覺塔經行，身旁經行的人潮如流，全是來自世界各地的佛教徒，寧謐和善的氛圍，呈現佛教無與倫比的影響力與包容力！

通常都趕在太陽下山前返回民宿，雖然很想繼續於夜色下的菩提樹靜坐，但考量安全，只好力守天黑前返回民宿的原則。

很多人無法置信聖地的治安不好，這種吃驚的感覺就像我二〇〇九年一月第一次來到，看到佛陀四大聖地❷中最具重要意義的菩提伽耶，居然髒亂不堪、乞丐如影隨形，搶劫偷盜時有所聞，也是大感吃驚。直到脫鞋進入內圍，赤足走近大覺塔，感受到氛圍的不可思議，複雜的情緒才被安詳寧靜的感覺取代。之後多次繞塔經行及於菩提樹下靜坐，心中憶念佛，思惟佛的教誨，逐漸有一點隱約明白，昔日佛陀為什麼要選擇誕生在酷熱、髒亂、蚊蟲滋生的印度……。

在印度，生與死，貧與富，善與惡……，都同時在眼前鋪陳開，這些應該也都是佛陀在二千多年前看到的生命實相吧！菩提伽耶彷彿二千多年來，一切都沒有改變。

釋迦牟尼佛導師雖然在二千五百年前就已涅槃，但精神長留聖地。記得二〇〇九年一月，初次謁見大覺塔，黃昏時刻，光線已經有點昏暗了，我迫不及待地趕到內大門口，往右一轉身，高約五十公尺、形如金字塔的大覺塔躍入眼簾，儘管之前看過圖片無數回了，但都沒有眼前真實相逢的澎湃激動，這景象是那樣地熟悉，好像我已來過無數回了，當下生起虔敬心，眼眶一紅，淚水盈眶，彷彿遊子被母親用充滿愛的雙手溫柔擁抱入懷——離家已久的遊子，回到熟悉的家園，從此不再漂泊，一切都可以放下了。

待在菩提伽耶的三個禮拜，時常停電，各大旅館和餐廳都自備發電機，一停電立刻自行發電，我住的民宿沒有發電機，於是，在每一個停電的黑夜裡，無法看書或誦經文，我就坐在蚊帳裡，以MP3聽尼泊爾籍的藏族阿尼瓊英卓瑪清唱〈大悲心陀羅尼咒〉，她在適當處加上了一些修飾性的轉折音，使平穩的曲調增添了微妙的光華，歌聲純淨、透亮，彷彿天籟般，不帶有塵世的染污，我隨著她的聲音輕輕誦著，在黑暗的小斗室中，迴盪著無盡的共鳴，滿滿都是寧靜、綿延地慈悲。連那原本滿室飛動的蚊子，彷彿也感受到共鳴，全都安靜了下來，一動也不動地停在蚊帳上。

從印度回來，日月流逝，印象最深刻的仍是坐在蚊帳裡誦〈大悲心陀羅尼咒〉的這幕，以及在菩提樹下做大禮拜，一片菩提葉飄下來，落在身上的那幕。我曾因生不逢時無法親自聆聽佛陀教誨而感遺憾，但終於明白，佛無所不在，只要我在心中虔誠憶念佛，佛就會與我同在。

生死大海，法作舟楫；無明長夜，佛為燈炬。

註❶：大圓滿為藏傳佛教寧瑪派最主要的修行法門，分為前行、正行、結行，前行指的是基礎修行。

註❷：釋迦牟尼的誕生地藍毘尼園、悟道處菩提伽耶、初轉法輪的鹿野苑及涅槃處拘尸那羅，合稱為四大聖地。

國家圖書館出版品預行編目資料

旅行，聽見生命的回音 ／ 邱常梵著. -- 初版. --
臺北市：法鼓文化, 2011. 02
面 ； 公分

ISBN 978-957-598-548-6（平裝）

855　　　　99025156

琉璃文學 18

旅行，聽見生命的回音

著　　者／邱常梵
出 版 者／法鼓文化事業股份有限公司
編輯總監／釋果賢
主　　編／陳重光
責任編輯／李金瑛
美術設計／化外設計有限公司
內頁美編／連紫吟、曹任華
地　　址／台北市北投區公館路186號5樓
電　　話／(02)2893-4646　傳真／(02)2896-0731
網　　址／http://www.ddc.com.tw
E-mail／market@ddc.com.tw
讀者服務／(02)2896-1600
初版一刷／2011年2月
初版二刷／2012年2月
建議售價／220元
郵撥帳號／50013371
戶　　名／財團法人法鼓山文教基金會—法鼓文化
北美經銷處／紐約東初禪寺
Chan Meditation Center (New York, USA)
Tel／(718)592-6593　Fax／(718)592-0717

法鼓文化